山川田野，江山代有人出，总不失新生气象和生机，这就是古人所赞颂的**畅旺**、**悠远**、**明净**的人世风景吧。

渐村月令

丹青

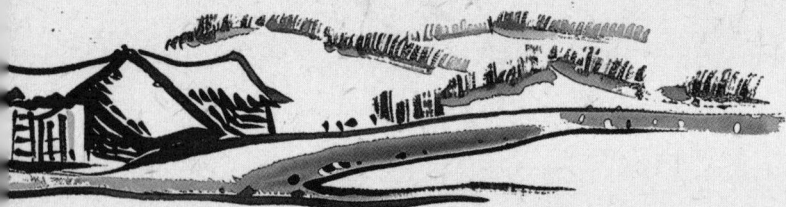

胡竹峰 著

浒村月令

青岛出版集团
青岛出版社

图书在版编目（CIP）数据

浒村月令 / 胡竹峰著. -- 青岛 : 青岛出版社，
2025. -- ISBN 978-7-5736-3263-0

Ⅰ. I267

中国国家版本馆CIP数据核字第20250KJ428号

XUCUN YUELING

书　　名	**浒村月令**	
著　　者	胡竹峰	
封面题字	徐则臣	
出版发行	青岛出版社	
社　　址	青岛市崂山区海尔路182号（266061）	
本社网址	http://www.qdpub.com	
邮购电话	0532-68068091	
策划组稿	孙学敏	
责任编辑	孙学敏　马　健	
美术编辑	于　洁　李兰香	
印　　刷	山东临沂新华印刷物流集团有限责任公司	
出版日期	2025年5月第1版　2025年5月第1次印刷	
开　　本	32开（880mm×1230mm）	
印　　张	5.75	
字　　数	72千	
书　　号	ISBN 978-7-5736-3263-0	
定　　价	48.00元	

编校印装质量、盗版监督服务电话：4006532017　0532-68068050

建议陈列类别：中国文学/名家散文

大巧若拙，大道至简，不用智巧便是最大的智巧。那么，与其说《浒村月令》是文学，毋宁说是去文学的极简主义表达，平铺直叙，工笔白描，有名词和动词似乎就够，形容与渲染都能省则省。此类文本岂不最贴近孔子《诗》学"多识于鸟兽草木之名"一大初衷？

以这种方式书写故园，需要充盈的静气，更需要物我一体的自信与武断。生活本身即文学，更是大块文章，雕饰在很多时候反而显得多余。小桥流水自成章法，开花结果俱为修辞，鸡飞狗跳暗伏情节，春华秋实无不风情万种。当内里震耳欲聋的心潮翻滚化作平静，活法便是写法的同义语。换句话说，活就是写，哪怕天凉好个秋之类废话，足以堪称绝美辞章。如果一个工业展会的流水账或说明书缺少这样的美学品质，那兴许因为活错了，而并非写坏了；或者是当代人大多活错了，比方说已离动物、植物、微生物的生命圈太远，怎么写也不那么文学了。

把工业展会换成动物园和植物园，不一定就是文学。自然是人的自然，自有人情、人性、人道的蕴积。万水千山总是情，草长莺飞今入梦，任何梦醒一刻都是最珍贵的文学缘起，是心魂与天地的密约。"鸡呀鸡，你莫怪，你是阳间一碗菜。脱掉毛衣换布衣，来生变人不是鸡……"听听这慈悲的厨妇唠叨，能不让日后的梦里人恻然？东南大将披青袍，小青菜也；西南大将披紫袍，紫茄子也；东北大将披绿袍，南瓜头也；西北大将披白袍，白冬瓜也。听听这憨萌的儿童歌谣，能不让日后的戏中人莞尔？

传说昔年有贼寇袭扰，浒村乡民不用刀枪，不报官府，但由那个叫胡蛮牛的汉子随手抱头老牛，轻轻松松像搂起一婴儿，去池塘边洗洗牛蹄即可，足以吓得贼人大惊失色、落荒而逃。如此等等，鲜活的浪漫和神奇，出自野叟村妇的闲言语而已，竟一直在田间地头野生疯长，滋养出一代代无名者强旺的精气神。相比之下，文人墨客那些山水吟诵，透出太多风景区或度假村的气味，岂不黯然失色？

二十五年前，我入住湖南汨罗一个叫八景的山村，每年在那里待六个月左右，直到去岁因身体所限，才无奈惜别。大概农耕文明在中国广域覆盖和久远传承，南方很多村落风物相近，且习俗趋同，因此《浒村月令》中的字字句句，竟让我似曾相识，一见如故，恍兮惚兮不知此乡何地今夕何夕。记得临别山村那日，为防天长日后渐次忘却，我曾录下百多名村友姓名。现在好了，将一纸名录夹入此书，一如种子着落土地，或演员重返舞台，记忆便有了背景与剧情，从此可望根深叶茂、活色生香，永远活在一个远方人的书架上。

谢谢竹峰。

二〇二五年一月二十八日，除夕，海口

前言

树绕村庄，水满陂塘；
倚东风，豪兴徜徉。
小园几许，收尽春光。
有桃花红，李花白，菜花黄。

远远围墙，隐隐茅堂；
飏青旗，流水桥旁。
偶然乘兴，步过东冈。
正莺儿啼，燕儿舞，蝶儿忙。

——秦观《行香子·树绕村庄》

宋词好写男女之情，意境幽而不狭，风流韵事那么含蓄，红粉佳人遮遮掩掩。秦观这一阕《行香子》说的却是山乡农家事，可谓异类，读过难忘。几回私心想学了填一首效颦，到底作罢，且容先贤独步，也让晚辈藏拙。秦观词里风物，说的也像我童年时候的山村，不见哀怨，辞章色彩鲜明清丽，白描田园风光，清丽有白梅初放的淡雅风致，犹见其韵：

绿树环绕村庄，春水溢满池塘；东风徐徐吹过，胸藏豪兴随意徜徉。不大的园子，藏纳无限春光。只见桃林正红，李花雪白，油菜金黄。

远远一带围墙，隐约几间草堂；春风扬起青旗，清水幽幽流过桥旁。偶生游兴，步行过东面山冈。眼前莺儿正啼，燕子飞舞，蝴蝶匆忙。

秦观，字少游，高邮人氏，早年闲居乡野，晴耕雨读。高邮我去过，据说文游台是秦观故里。真假不论，静气俨然。人到中年，日子似乎更快了，肉身匆忙，最好静气，所谓静以修身，于是读书、作文、习字，偶尔也怀旧——

我十四岁前，终年在不大地域一日三餐。那时候不知道世外花花绿绿，也不知道那些快意恩仇。浒村瓜果蔬菜，雨雪云雾，盛夏蜻蜓，寒冬霜色，给身心无数唐诗宋词元曲景象。很庆幸生活在那样氛围里，倘或拙作有些诗意，离不开浒村的滋养，纸页间的古典照进现实。

后来，渐渐长大，乡村少年放牛、喂鸡、种地、兴田、上山、下河，内心寂寞极了，孤单极了，每天巴望夕阳下山。暮色将至，忽得解脱，但新一天朝阳升起，又周而复始重复泼烦日子，逃离的念头像条毒蛇盘踞心头。后来，终于逃离了，一走近三十年。人生没有几个三十年，时间再次这样跳跃，那时我是七十老翁。先贤感慨人生七十古来稀，面对文字，提笔就老——偶尔是五十中年，偶尔是八旬老汉，偶尔是百岁衰翁，好在偶尔还是懵懂少年，依旧跟在祖父祖母身后。

曾经那么想离开的地方，如今零星泛出惦记。故乡是回不去的，物是人非，现在连物也非了。都说青山依旧，每每回乡，眼前的山和旧日也略有些不同。好在还有一支笔，乘着墨水回溯，一回回潜入童年，潜入山村，东游西荡，铺排出一个个文字。

城里的冬天来得晚一些，却也早已来了，我欢喜的雪依旧遥遥不见踪影，我欢喜的霜依旧遥遥不见踪影。听说浒村天天上冻，清晨草地覆有厚厚一层寒霜。故乡的霜色啊，不知什么时候爬上了我的两鬓，体内更飘飘扬扬下过好几场大雪。几十年后回想贫瘠的过往，冉冉升起的情意消融了一切温暖了一切。

初夏晨露，剔透微小，弱不禁风，一触即破，但是它也曾闪耀着亮晶晶的光芒。我悲伤，逝者如斯夫。我悲伤，人无再年少。

二〇二五年一月一日，合肥，作我书房

目录

门前新笋映芳屏，蒲扇风摇案上萤。

蝴蝶蜻蜓垂翼坐，锄禾担雾入山青。

秋光空翠暖窗纱，北雁南归青翼斜。

鸡鸭牛羊林下卧，萧萧黄叶满人家。

月色空明松影间，霜天染露夜潺湲。

此身不愿他乡老，只合烟村共养闲。

楔子

地域在古南岳西边，就用岳西二字为名。岳西东南方向，有一镇，极小极小，不过七个村子，名为响肠。这个地方外乡人听来不明就里，总觉得奇怪。据说当年有耆老周老相公，爱鸣不平，某劣绅豪横，鱼肉乡里，侵占田产逼死人命，他写好状纸申诉，却遭陷害，误饮毒酒。报官路途，毒性发作，腹中作痛，肚肠鸣叫，方才知道遭了暗算，悔恨莫及，解下腰间佩剑割开肚腹，掏出肚肠用潭水洗净再装回去，又以剑尖在潭水旁石壁刻下洗腹矶三字。

人世山高水阔，周老相公死后，后世为纪念他，称其肚肠鸣响的地方为响肠村，割开肚腹的地方叫割肚畈，漂洗肠胃的地方取名洗腹溪。这故事从小听得熟，信以为真。演义里，王伯超举枪戳破罗通腹肚，挑出肚肠。罗通大怒，盘肠绕在腰间，拼命上前死战。一众番将骇然不已，惧其神勇，错愕惊慌，王伯超被刺中要害而死，罗通力尽回营而亡。我乡周老相公也是那般豪杰，自剖洗肠，几近神人，同时我也为他不忿，觉得喝酒不独误事还惹祸。话本和故事里，常常有以毒入酒的例子，周老相公英雄一世，只因一口杯中物，末了却坏在恶贼手里。从此知道世情复杂，有君子坦荡，有奸人诡诈，有宽宏大量，有小肚鸡肠，有慈悲为怀，有睚眦必报，有磊落大方，有暗射冷箭，也有人藏起恶毒以及阴险，披上人面，怀揣蛇蝎心肠、鬼魅魂魄，幽灵一般在暗处游荡窥视。

离浒村不远，外乡有先秦遗迹，农家菜地挖出过楚铜剑和矛，此外，还有晋朝佛塔、元朝瓷枕。据说五代之后，浒村才有人居住；元朝末年，各路反王纷争，陈友谅麾下马蹄声也传到了这里；然后朱明换代，清入民国，天下大乱。小小村落，历经几重重磨难，渡劫而存，一回回重生，一回回鲜活。

浒村是家乡、是故土、是血地、是祖源，在响肠西边。旧年一村分上下，上浒山多，又高又大，下浒人说他们是山猴子。下浒有平畈，上浒人则称他们是畈虾子。彼此对骂，并不真恼。骂过之后，留下吃饭，备好菜好酒，吃了中饭吃晚饭。嬉笑作别，一个高声喊，山猴子慢走啊，一个大气回，畈虾子莫送哦。

浒村颇小，东西三五里，一眼望得到头，南北数箭距离，且不平整，有垄有畈有岭有坡有峰有冈有峦有沟有涧有丘有壑有岩有崖有壁有渠……第一多的还是山，名不见经传。

古时候我家屋后森林茂密，大太阳地，林中依旧昏暗阴沉，山因此而得名大黑塆、小黑塆，彼此相连。此外还有架马尖、凤形岭、八月垴、躺凹、沙子岗、坟山嘴、坟山牌、小屋形、雷打石、筲箕塆、后山岩、杨家林、草里藏珠、大花岩、长塆、戴塆、虎形垴、油坊岭、牛形塆、牛形岭、包上、网形、纱帽尖、大黑沟、大四方、青龙岗、白云寨、妈目沟、万年坦、碢上、壁耳形、椅形、磨形、马寨、石浪、黄泥沟、卧猪包、青山排……旧年村民多不通文墨，他们却用心性里来自林野的灵气命名山川、田地。乡民死后，在家做好法事，再抬起棺椁，择地安厝，村民称为上山，就此盖棺论定。浖村人一辈子下地、上山，带不来一片布，带不走一块瓦。

浒，从水，本义水边，指离水稍远的岸上平地。《诗经》说："绵绵葛藟，在河之浒。"浒村的浒，许声，村里有河，乡民称为畈上大河。河上没有桥，村人砍两棵杉木架上去，附近居民和过路客横跨而过。沟壑之间更多以两根树段横搭着，用稻草仔细搓成毛而糙的绳子，绑在上面防滑，脚踩过，软软的。当年温庭筠若去了我乡，他的名诗怕要改成"鸡声茅店月，人迹草桥霜"了。

家门口就有草桥。小时候胆小，心怯怯，一点点挪着脚步过去，怪它真长；稍大些，蹦蹦跳跳，兴高采烈，嫌其太短。夏天午后，南瓜架外的小路上嬉笑连连，撩得人坐立不安。母亲在凉床睡觉，奶奶在树下乘凉。悄悄丢开纸笔，提着鞋，赤了脚，轻轻开门，去捉那只立在草桥头树杈上的大蜻蜓。几个孩子喜欢枯坐草桥上，两脚悬空，一前一后晃动。如果是冬天，草桥晨霜淡淡，桥边枯草丛生，心里觉得这就是郊寒岛瘦，一味枯涩。

河水浅的地方，搬来平整的大石头，垒成石阶，村人称为漫步，一步步跨过。远远地，只见人纵身跳跃，水底影子也跳跃。后来河上有石板桥，青岩石，长长的，方方正正，桥根长满青苔。河上还有石拱桥，离河面极高，专门辟有泄洪洞，河水再大，桥也安然无恙。夏天，桥洞成了孩子的天下，摘几片芭蕉叶，铺地做床，偶得几角小钱，抱个西瓜，买袋瓜子，悠悠度过一个快乐的正午。

河无名，水潭有名，有大龙潭、小龙潭、七姑潭。池塘也有名，高塘、大塘、老屋塘、大新塘、保运塘。塘建在高处，收拢山水以备灌溉之需，塘下是一层层梯田。

河多，井更多，每个清晨从井口开始。家家户户多派男丁挑水，两只桶、一只瓢，一瓢一瓢舀进木桶，再一担一担挑回家倒入水缸。挑水人勾着头，一步步慢慢走，生怕水晃洒了一滴。早饭后，井边水口河潭最热闹，三五人聚集，或蹲或坐。棒槌扬起，捣衣声砰砰砰，水珠四溅，溅起无数家长里短，溅起无数是是非非。说烂了的故事，年复一年，月复一月，日复一日，鸡毛蒜皮，鱼虾也不想听了，远远躲进石缝。待那些唠叨走得远了，方才见一两条鱼探头探脑出来张望。

有人在自家院子打了深井，日子久了，井沿砖石勒绳越来越深。不必说光滑的井壁，绿茵茵的青苔，那一股泉水的清凉气息就使人沉迷。小时候喜欢伸头探看井底，大声歌唱，回音震得耳膜发麻。

山里处处人家，房子多靠山面南，说是坐北朝南屋，世代享清福。实在，自有民居以来，千百年里，没有几人享过清福。

造房是大事，察风水，看吉凶。要符合当年山向、来龙、去脉，根据家主生辰八字择吉日动土，所谓贵

楔子

人日、六合日、天德日、月德日。动土当天，用牛在地上犁三圈，视为犁煞，驱赶凶神恶煞的意思。浒村人心里，牛是纯阳之物，有神性，犁头生铁铸就，正气充满，能去一切鬼魅。公鸡也是纯阳之物，让瓦匠用瓦刀剁断公鸡颈部，取血洒在场内、木桩上，视为剪牲，这一下地基阳气充盈，成了福地。

墙一天天高，开始上大梁了。这又是大事，必须择吉日吉时，大梁木披上红布。工头唱颂吉词，一唱众和：

　　一轮红日出东方，照在主东华堂上。

　　好。

　　今天日吉时又良，主东接我上屋梁。

　　好。

　　五尺红，梁上挂，斧头红，系斧把。

　　好。

现在就把正梁上，梁上无口，给我主东
开梁口。

好。

梁口开得深又深，秤称银来斗量金。

好。

梁口开得浅又浅，荣华富贵万万年。

好。

开了东来再开西，子孙万代穿朝衣。

好。

穿朝衣来戴官帽，子子孙孙为阁老。

好。

家家户户都这么念，却从来没有见谁穿过朝衣
戴过官帽，更没有人荣升阁老。多少人家世世代代
务农，终身布衣草帽，耕种为业，生在浒村，长在
浒村，死在这里，葬在这里。他们也生气、怄气、

受气，也叹气、丧气、泄气，却始终没有失去喜气，更没有失去志气。穷不失志，富莫癫狂，老人常挂在嘴边教导子女。多少人生于草莽，长于草莽，荒野中人，连市井无赖气也无，老老实实，像村口草垛，任凭风吹雨打日晒。他们斗大字识不得几个，但操守坚定，不偷不抢，做事吃饭，清白为人，堂堂正正。

土坯瓦房易损，住上十来年，就要翻检，换几根椽子几块青瓦。一天天，房子老了，人也老了，灯火还是那盏灯火，人却一代代换了模样。浒村男丁都是山水点染出来的，一世总要盖一次房子，在朗朗乾坤在悠悠天地在郁郁草木中安顿此身，结婚生子，成家立业。山川田野，江山代有人出，总不失新生气象和生机，这就是古人所赞颂的畅旺、悠远、明净的人世风景吧。

盖房子是大事，生孩子也是大事。民间传说，世间婴儿都拜送子娘娘所赐，第三日，她要过来察看。所以这天要给小孩洗三，艾叶、菖蒲、金银花、樟树叶、紫苏、雄黄之类煎水，给新生儿沐浴。洗礼一般由婆婆、奶奶操执，边洗边赞：洗洗头，做王侯；洗洗身，做富翁；洗洗手，荣华富贵全都有；洗洗腰，一天更比一天高；洗洗脚，身体旺相不吃药……

浒村习惯，小儿出生后，请术士卜问命格，各有前途各有福报各有避讳。小时候我犯深水关，严防水灾，勿近溪河、湖泊、池塘、水井，还要远离渡舟坑洞，家里人连大水缸也不准靠近，生怕我掉进去淹死了。后来听说此关有破解法：水井边插柳树枝三条，点红蜡烛一对，烧三炷香并准备金银纸钱若干，让小儿手执三枚钱钞，父母抱着绕水井三圈，弯路回家即可。或者给鲤鱼尾巴绑上写有生辰八字的红布，放到河里。

深水关位列三十六煞，皆尽陋习，其中不乏民间的敬与生活态度，有人情物理也有美善常识。譬如雷公关，响雷时勿近竹木或铁器，勿将小孩抱高或高处弄跳之类，防高空跌倒。还有汤火关，注意明火、滚汤、热油，远离厨房为吉。金锁关说金银铁片不可亲近，更不能放入嘴中。每关均有解法，小时候听老人谈起过。民俗如此，人人深信不疑，煞有介事，惜子之心使然。如今这些陈年风气渐渐绝迹，村民不大相信，也不以为意了。

乡野混沌，人神鬼魔共存，怪力乱神，孔子敬而远之，绝口不提。但秘事异事也是人心的镜像，有另一种民间秩序，终途还是行好积德还是明心见性。

村民生日，孩子家煮两枚鸡蛋，大人吃碗肉丝鸡蛋面即是一顿美味。但周岁与六十是大事，要设宴席广请亲戚朋友。一岁时，还要做磨米粉、伴娘粑。传说观音娘娘派伴娘婆到人间来陪伴小孩，有她护佑，小孩百病不生，不吵夜，不啼哭，平安吉祥。

伴娘粑形状像陀螺，多以米粉做成，像窝窝头，有红绿线缠绕其上，取龙凤呈祥意思。

一岁有抓周仪式。宴会前，孩子面前放书、笔、墨、纸、砚、算盘、钱币、账册、首饰、花朵、胭脂、吃食、铲子、勺子、剪子、尺子、针线之类——贫寒人家陈设简陋一些，却也大抵如此。任其挑选，先抓何物，后抓何物，以此测卜志趣、前途。抓到印章，说长大以后，天恩祖德，官运亨通；抓了文具，则是好学寓意，将来必有一笔锦绣文章；抓算盘，善于理财；手指向农家用具，众人也说以后是把庄稼好手，只是主人家心里并不畅快。女孩抓剪、尺、锅、碗之类的炊事用具，是持家的吉兆。抓了吃食、玩具，也说有口福。其实不论抓到什么，最后命途同归，依旧一辈子背朝老天、耕田种地。

乡俗最怕三十六岁，所谓天罡数，觉得此年不寻常。有民谣道："三十六，好就好到秒，孬就孬断根。

三十六，是难关，吃白鸡，穿白衫，两两相对保平安。"过了三十五岁生日，就有亲戚朋友送来白鸡，男送母鸡，女送公鸡，此外还有白衣、白袜、白鞋、白面。吃白鸡要回避他人，关门独食，还要一餐吃完。乡民腹中无甚油水，两只鸡有人也吃得下。次日将鸡毛撒在大路岔口，风吹雨淋日晒，意为踏去灾祸。

村里还有更小的村，其名寂寂无闻。屋舍多木墙壁，直呼板壁；几十户人家聚集一处大屋里，遂称大屋；横排一人安居，则是小屋；河西边，干脆河西；桥下方，索性桥下；两水交汇处，人称合水；古寺坍塌，仅余石基，名为寺基。

大多地名以姓族取名，除了秦屋、刘屋两地是秦刘氏后人，高屋只余一户高姓，马河家家崔姓，韦岭、熊冲、王龙人人姓胡，葛弯属方家屋场。曾经的马家、韦家、熊家、王家、葛家一丁不剩，旧日居民散佚无踪，只有零星坟地石碑见证依稀往事，可见历来田地无主。世间沧桑，我辈无非匆匆过客，暂坐人间而已，谁也不知道旧日村人去向何方，来于土，归于土。来匆匆，去匆匆，空空来，空空去，匆匆匆，空空空……

浒村人去世，先在门前三岔路边烧一顶轿子，一匹马，让逝者行旅方便。烧轿马的时候，请人写断卖契，是为死契，一旦签订，买卖双方不得赎回。

白鹤仙人，今将白马一匹、花轿一顶，配备食槽、水草、皮鞭、鞍鞯、辔头，卖与某府某县某乡某村某社地界居住之某老大人名下，以供冥中坐骑使用。实价玖仟玖佰玖拾玖元玖角玖分玖厘整，现金收讫。关津渡口请勿阻隔，妖鬼仙神魑魅魍魉不得占用，倘有胆敢劫获者，九天玄女殿前依律治罪。

楔子

轿夫马童各有姓名，名号来宝、来福、来发、来喜。还有证人：东王公、西王母、千里眼、顺风耳。并有当值土地画押。小时候还想过，以王母娘娘之尊，怎么会操劳乡民此等小事。民间朴素中有诙谐，诙谐自见庄严。村里人相信阴间，亲朋亡后，烧成堆的纸钱，让亡人殷实无虞。

　　祖父生前是乡村祭师，也做纸扎，纸马纸轿子纸房子。家里常挂一匹纸马，白棉纸糊就，不上色，嘴巴半张，在我睡房楼阁下扬首长嘶。清晨醒来，赖在床上，仰卧着，静静看一会儿纸马。有时候纸马轻轻转动，祖父见到总会说马要走了，夜里看看天色，喃喃自语，说河西有人老了，或者大屋有人老了，我只当故事听。过几天居然真有人来家里，领走纸马纸轿，心里觉得真是大奇事大怪事。此后每每见纸马转动，我就跑去告诉祖父，说马又要走了，他不接话，只是笑笑。有几回，过了一两个月，马也没走，还是挂在楼阁上，张着嘴，像是嘲弄我失算了一般。

纸马没有轿子好看，更没有纸房子好看。做纸扎费工费时，但凡空闲，祖父总提前破竹做篾条，然后扎成纸房子，浒村人称为灵屋。人活在阳间要造室安家，去了阴间，想必也一样。只是阳间房子泥墙黑瓦，远不如灵屋一层层金碧辉煌，雕梁画栋，有图画上的宫殿气。

村民往生后，子侄辈背走灵屋，安放在堂轩，一日日端茶送饭并供奉各色菜蔬，直到满七。一七为七天，七七四十九天，方为满七。满七日也是送灵日，送亡灵也送灵屋，一把火烧掉那纸醉金迷。火焰冲天丈余，一旁骨肉血亲，再次勾起伤心，扑倒地上，少不得又一顿号啕大哭。

人活一世，草木一秋。那些先民多则百年，少则几十年，甚至几年，承受过人生恩泽，也遭遇了世间苦难，他们像一道流星划过天空，也像一片白雪飘入水潭，瞬息之间，再无踪迹。村里只剩一棺宋坟，一道元明的门楣，两棵千年古树。几十代，一千年，多少人生老病死就在这窄小的一爿天空下，生没有离开，活不能离开，死更无法离开。少年见过的新坟如今早已成为老坟，碑文漫漶，绿树成荫，青山不语，人间春夏秋冬走马灯似的日月更迭。

有年冬天，在亲戚家墙壁上看见过马灯，老旧的手提煤油灯，能防风雨，祖父说骑马夜行时可以挂在鞍鞯上。想象它挂在白马上黑马上红马上，照过黑夜。马蹄嗒嗒，穿过田野，爬上山冈，灯火颠动，缥缈得像天际闪烁的星光。

一
月

正月初一总是被鞭炮唤醒，抬头看看窗户，天刚蒙蒙亮，忍不住又躺下睡着。不多时，家家户户都在放鞭炮，先是噼里啪啦响在耳畔，后来似乎在身下被褥里响，火烧火燎得睡不安稳，只能起床。四下雾蒙蒙灰蒙蒙天沉沉地沉沉，到处烟火弥漫，草木昏暗，十丈之外，难辨男女老少高矮胖瘦。祖父说，正月最大，在堂阶前燃放鞭炮，可以用来恐吓山妖恶鬼，也能迎接神灵，祈愿出入平安，新年和顺，开门大吉。

没有亲友来访，早餐就吃除夕夜的剩饭，锅台上热一下即可。有亲友来访，人就居家候着，令小孩站在门口，鞭炮迎接。贫寒时，鞭炮只是百响，乡人称为百子，后来鞭炮越来越长，一千下声响的为千鞭，还有更长的万鞭。万鞭摊放门前，蜿蜒如龙，燃放后越发像龙，腾挪跃起，几近花千树、星如雨、笙箫动、鱼龙舞。初上门的儿女亲家，还得鞭炮送行。窗外迎来送往，噼里啪啦。

正月初一的浒村最热闹最欢庆，处处是吉祥是喜气，欢悦到不知如何是好。这天忌讳极多：说话轻声细语，面带微笑，切莫与人争吵，容易折福；打骂小孩，影响健康；勿食生冷，容易惹来疾病；水是财，不得泼到地上；针线活搁起；果皮、糖衣、瓜子壳按照惯例不能当日扫去……凡事讲究，图个吉祥。

因为昨夜守岁的缘故，家家户户睡得早一些。天光尚未黑透，不耐熬的忍不住垂着头，啄一下又啄一下，浒村人叫参额。小时候喜欢过年，想着除夕夜过去了，初一也过去了，再想过年，又要等待三百多天，心里比天光更黑，说不出的伤感，每每在难过中进入梦乡，醒来还觉得怅然，不舍得不甘心年就这样远走。

新年头几天严禁杀生，各种生鲜饮食早早备好，牛肉、猪肉、羊肉，此外还有咸鱼、烧鸡、凤鸡、咸鸭、烤鸭、烧鹅、藕片、肉丸、笋丝……室内宴席不断，酒何止三巡，饭远超五味，曲终人散，必须剩些菜，说是年年有余。正席要上鱼，鳜鱼、鲫鱼、鲤鱼、草鱼、黑鱼、黄颡、鲢鱼，红烧、清蒸、炖汤，也寓意年年有余。拜年送糕，是为高来高去。春节喜事多，喜宴必备花生、红枣、鸡蛋，所谓长长久久、早生贵子、子孙无穷。给人发糖，甜甜蜜蜜。肉切成大块，放酱油红烧，豆腐却有两份，一份切成小方丁掺虾米焖熟，一份切薄片和腌辣椒共炒。枣子在铁锅里放冰糖炖熟，用勺子舀起来放进海碗。

本就肥硕的红枣，汁水充满，格外红格外大，入嘴香甜。生腐当烫菜，或者烧肉，一根根手指粗，有金贵气象。如此吃了半晌，主人家怕味寡，又挖一大匙猪油加入锅子。糯米圆子个个大如牛眼，沾上红糖，称为元宝，说是富贵团圆。吃几根生腐，吃一个圆子，就是招财纳福意思。粉丝里什么都不放，过油锅，添水，煮熟。粉丝极长，孩子家手短，站起来才能夹离碗口。大人看不惯，轻嗔一句，你也好生些，接过筷子绞成一团递过去，做客的总会接一句，家里小孩嘛，我妹还是乖的。浒村习俗，孩子不论大小，不管男女，未成年前一律称妹。

酒席多在堂轩，居中为上席，进门是末座，东边尊贵，西边次之。主人在末座相陪，端饭递菜，对客人斟酒时，一杯酒腾一次手，以示敬意。正月头几天，天天都是吉日，人人见面互道平安吉祥，孩子祈老人纳福，老人祝孩子旺相。走路时脚步都慢些，一切轻拿轻放，生怕摔坏了一个酒杯一只饭碗，说是兆头不好，有损新年运格。

家家户户互请，水陆杂陈，觥筹交错。每日里吃将起来，满肚子膏腴，任凭主人殷切，宴席再丰盛，也不能大快朵颐了，实在吃不下。手里饭空了，主妇慌忙上前接过碗，说再盛一点，吓得客人连连拱手推托，说吃不下，吃不下，年饱，年饱了……席上大人饮酒正酣，孩子们早早丢开碗筷，也学着说年饱了，转身去屋檐下杂耍。人有口福，牛也有口福，忙了一年，累了一年，早早将黄豆焖得烂烂的，送去牛栏。老人说黄豆最养牛。

倘或立春在正月前，此年农历无春。浒村习俗，无春年不办喜事，婚庆之类要么提前要么延后。春不立，不利子孙。不独如此，双春年也视为不吉，不利婚庆，说夫妻不能白头偕老。老人屈指计算哪天打春。旧时，特意提前做泥牛，立春日用红绿鞭子抽打，是为打春。习俗早已不存，只留下打春二字在唇齿流传。

打春后，冷风浩荡，余寒未去，衣被难减，与冬日并无二致。冷意自前胸后背头顶脚底四方夹击，激得人打个寒战，忍不住缩紧了脖子。起风时，雪意弥漫村子上空。雪落在村庄里，无邪的白映着灯笼、春联的大红，也是有意思的。太阳升起来，照得雪村耀眼刺目。厨房屋顶的雪总是最先化开，烟囱半日不歇，松木在灶膛熊熊燃烧，发出哔剥的响声，烈焰紧紧抱着铁锅，还有烧壶里滚水咕噜噜的声音，锅铲炒菜的声音，碗碟相击的声音，女人们谈笑的声音。

孩子衣兜总是鼓囊囊装满花生、瓜子，红红绿绿各色糖果，偶尔还有红包，一次次打开压岁钱，数了又数，生怕丢一张，睡觉时放在枕头下。初四五后的双日，总有人家婚宴。人来人往，穿金戴银，红灯笼更亮了，春联外又贴上喜联，孩子们爱热闹，只在人群里转来转去。老人淡然多了，胯下带着火炉，只在稻床外或者屋檐下坐着晒太阳。

初九初十……日子走，心情也走，年味一天天淡薄，仿佛屋顶炊烟，渐渐消失不见，空气里再也没有呛人的烟花炮仗味。坐在石阶前，坐在塘埂边，坐在草坡上，落日即将入山，有些不舍，有些不甘，有些怅然，五味杂陈，无限失落无限难过。眼睁睁看着良辰似箭，怎么也拽不回来。恨不得有通天本事，用根绳子把太阳系住，牢牢捆在后山大树下，让它再不落山。晚饭无味得很，匆匆吃几口。睡觉时候想着又过了一天，过年氛围更淡了。只希望日子慢一些再慢一些，巴望时间可以倒流，天明起床回到腊月二十九，甚至回到小年夜，回到腊月初。

正月十五日是元宵节，去堂轩烧香送别祖宗，全家人围桌共餐，吃元宵果。晚饭后，将家里留存的烟花鞭炮拿出来一放而尽。坐石阶前看烟花又寂寞又热闹，璀璨之后天空依旧暗黑。进门的时候，忍不住回头看看那一地纸屑。烟花散去，鞭炮燃尽，年尽了，明天就是日子庸常，明天就是居家琐碎，明天就是兴田种地，明天就是挥汗如雨。夜里不能早睡，窗外总有烟花鞭炮声。一地月亮，光华浮照窗棂，照进室内，想到离过年那么遥远，顿时好一阵怅惘，仿佛一个人，虽然迟早会相见，而今宵仍是坚决的别离，百般强留也属枉然，心绪难免低沉，恨不得埋进被子大哭一场。

元宵节后，田间地头人影渐渐多了，施肥灌溉。天气还是冷，人人盼着回暖。春意迟迟不来，雨先来了，是寒雨。鱼鳞瓦闪着水渍的反光，祖父挑担子从窗下走过，走向田野。雨中麦地，绿油油的，路人都说长得盈，风一吹，满眼润泽跃动，一波一浪，荡漾锦绣。

二月

二月，南行的燕子尚未归来，村里男子陆陆续续外出务工了。门虚掩或者锁上，屋檐下、石槛旁的野草格外孤单，在风中颤颤巍巍。泥凼开始解冻，水从清晨到晚上，无聊地倒映着窄窄一洼天蓝。岁月回归日常，缓步走在村子里，土路恢复了寂寞，炊烟也寂寞了，孤单地袅向天空。

　　村野上成群或孤飞的鸟，喜鹊、乌鸦、麻雀，掠过池塘，掠过竹林、树顶，飞向山边。麻雀多是灰色，偶尔飞过一两只金翅雀，腰尾金黄，翅膀金黄。麻雀或独飞或成队，集群数十只甚至上百只，休憩枝头，久久不动，像是音符，发出呼响，单调清晰又尖锐，带着颤音，惹得孩子们好一阵仰望。

春雷发声，起先以为响在地底，又似乎响自山间，奔腾起伏，从远处近身又快速奔向远方。风里零零星星透出阳春意思，脸上有春回大地气息。灯笼落在地上，无人问津，任由风吹日晒雨打，一双双脚板走过，很快烂成一坨红泥。贴在门框两侧的春联开始褪色，生活早已安于朴素，喜庆年味淡若无迹。红纸包成塔尖的冰糖拆开，放进瓶子。年货里的瓜子尚有些结余，怕回潮，以罐子密封好，轻轻一摇，哗哗作响。

在田间地头捧把瓜子闲嗑，皮壳丢在地下，低头看，不知道什么时候草丛顶出一丝细绿，淡淡的，若有若无。一日三餐，不再鱼肉生活。园里小青菜，炒得油润润放入海碗。腌豇豆、萝卜干用盘子装着，腐乳用的是更小的碟子，蘸上辣椒酱，切成方块，三两块放着。

二月初二花朝节，农谚说，二月二，龙抬头，这一天又称春社。旧时，村人会做土地会，祈求一年风调雨顺、五谷丰登，开始给新坟祭扫。

别处习惯我不知道，浒村风俗，人去世与下葬后的第一个清明节前会做祭仪，放爆竹、烧香纸，乡俗称为做清明，此外还要剪纸钱、做汤粑。纸钱用红白黄绿四色纸剪成小条，用细水竹竿夹住，或者剪成玲珑宝塔状悬挂竹竿上，是为纸标。插在坟头或者厝基上，立此不忘，以示存照。汤粑以籼米糯米做成，也可以掺些面粉，形如团球，涂红染绿。

做清明时，直系亲属跪地上挽起衣摆，有人先给他们撒两把汤粑。随后那人站在高处，向众宾客广撒汤粑，豪掷如雨，满山乱滚，人人争抢。小时偶尔我也能抢到几枚，觉得稀罕。汤粑或煮或烤或蒸或炸，味近年糕，可算作一道时令小吃，吃下身体硬朗。

春意来了，雨季来了，时而淋漓，时而淅沥，时而飘忽，欲停不止。乡村最初的春意是被雨水唤醒的，春夜下雨最相宜，坐在瓦屋下，屋顶响起雨声。早晨起来，细雨绵绵，山野雾气升腾，花草树木爆出鲜嫩的一滴滴芽蕾，山川新鲜。雨水融化了山凹处积雪，万物复苏。衣服晾在走廊堂轩宽敞的地方，两三天，还是潮津津耷拉在竹竿上，触手尽湿。风徐徐吹着，雨并不大，轻飘飘，恍惚惚，丝丝缕缕，歪歪斜斜，汇成一袭薄薄的雾纱。

清晨，雾从山坳涌出来，漫过土路，爬上篱笆院墙，门前高高的梧桐也浮在烟岚中。挑水的汉子勾着头，走上小坡，踩过石桥，身胚一步步消融成了模糊的剪影，只剩葫芦瓢在木桶沿轻轻磕出若有若无的闷响，喘息声倒是大一些，直到走上平地，人才长舒一口气。

出门总要撑把伞，多是黑布伞。上年纪的老人，更喜欢蓑衣、斗笠或者用油纸伞，彳亍而过。小时候玩心重，不喜欢打伞。在雨雾里久了，衣裳湿漉漉贴着前胸后背，一身腥气回家，惹得父母责骂。雨中山村云遮雾掩，天光昏朦，有万物复苏气息。隔着雨幕，依稀传来做清明的鞭炮声，远不及晴天清脆，闷闷的，听得心绪灰暗。想起前年去年那人还能割草收稻，还能采茶砍柴放牛，如今却死了。

时令一节节爬过，身体一寸寸松动，冬装一件件脱下来，说不出的快慰与通透。风暖了，雨暖了，骤然感到一股新生的暖意。鸡鸭猫狗毛皮尽湿，如孤魂野鬼，从眼前落魄走过。天上烟雨蒙蒙，雨打在树叶上、瓦片上，单调的滴水声分明是春之舞曲。入夜，临窗听着寂寥而温暖的雨声，遥望漆黑天空，春风不时拂过，头脸开始舒展了，身子骨清朗。

雨水、惊蛰、春分……窗外彻底透亮。春和景明，风物如诗，诗中有画，天地恍然醒来，元气浩荡像桃花汛。经历一冬，土块冻酥了，雨后地上沉实。农人拿锄头松土、除草。茶园有人施肥，再下几场雨，茶叶就要出芽了。清晨，草间一滴翠绿露珠，摇摇欲坠。

偶尔也下雪，春雪薄，在风里乱飘，如烟似雾，漫不经心自天而降，散絮一般浮在地面。瓦片上的春雪是有意思的，像丝像絮像棉。老人又用上火炉，菜凉得太快，一日三餐常吃炖锅：炖咸菜豆腐、炖牛羊肉、炖豇豆干……炉火正旺，雪浮在树叶上，风一吹，扬起一片雪尘。雪一停，就是晴天，不到半日，雪全化了。屋檐下小小的雪人半点痕迹也无，惹得孩子生气跺脚。

阳光静悄悄照过山冈，照过田野，照进庭院，照进室内，光晕中，坛坛罐罐一新。晚霞漫天牵连西山，染红了半个峰峦。云渐渐散去，透出一派日光，照得满村红亮。麻雀在枝头叽叽喳喳，屋梁上传来双燕的呢喃。有年听过一次北平岔曲，三弦伴奏，演唱者以手指击弹八角形单皮手鼓，唱的是《升平署岔曲》，据说是宫中曲本，第一首曲词说的是：

春日晴和，丽景偏多，桃红雨润，柳绿烟拖。帘外呢喃燕子歌，万紫千红都竞艳，无限的良辰美景多，多佳趣。但则见远山含笑，碧水生波，乳燕双抛剪，流莺百啭歌，鸟语声声和，花香处处婆娑，骚人韵士踏芳径，牧童樵子戏山坡。真正是，大块文章遍六合。

简短几句小唱，不像北方景色，倒与浒村风物符合。听得人欢喜不已，有他乡是故旧的欣然。

一连几场雨，田里微微蓄了些水，波光粼粼。男人从楼头搬出犁、耙、耖，前后左右看看，折损地方要修好。开始驯服小牛，乡民称为告牛。生牛懂懂，忽左忽右，一块田犁得七零八落，少不得吃几顿鞭打。驯牛前几个月，先给它穿鼻子。固好牛头，一人抱住牛脖子上抬，左手拿住牛鼻中隔部分，用锐器穿刺，快速拔出，塞进一节竹木。鼻隔长好，穿上柔软的绳子，牛就此开始犁田耕种的一生，至死方休。老人叹息它辛劳一生，实则自己也辛劳一生。牛尚且有农闲时候，每日嚼草安卧，很多乡民却经常忙得连口水也顾不上喝。

麦苗开始拔节，油菜现蕾、抽薹。不几日，大片的油菜花开得不管不顾，路过田间地头，清风徐来，有些初春的微凉，有些油菜花的清香。晴天的油菜田总有嗡鸣声，一只又一只蜜蜂飞来了又飞走了。

油菜花总是一片又一片，黄得汹涌，黄得烂漫，好像黄色的染料泼泼洒洒到田间地头村口。蜂蝶乱舞，在风里簌簌作响。扛着锄头的农人缓缓走过田边，衣襟沾了油菜黄，裤腿也沾了油菜黄。村口溪水涨高了半尺，漂着三五残枝、落叶、花瓣，随水流向山外。

溪山响起淙淙流水，一只鸟雀站在石头上俯身就饮。河堤坝后的柳枝芽头越来越长，春风来过，柳枝悠然飘起来，池塘边瓦屋，一个童声朗朗念诗：

碧玉妆成一树高，万条垂下绿丝绦。

不知细叶谁裁出，二月春风似剪刀。

后来，也有先生站在浒村学堂，一次次念起这首诗，每每读到"不知细叶谁裁出"的时候，将头仰起摇向后边，再拗一圈，又反向拗回去。很多年后读到《从百草园到三味书屋》，看见绍兴先生和我村一样，也将头来回拗动，颇有些忍俊不禁。

浒村课堂朗诵，先生起首念一句，孩子们跟着学，如此三五遍，才让大家放开喉咙高声朗读，岂料乱作一团，气得教鞭连连拍打讲台桌子，众顽童方才慢慢停下。先生做个起势，这回教室声音整齐起来，顺山坡朝大路飘去，吓得窗外的小鸟展翅欲飞，左右顾盼，前后并无来客，于是解嘲一般，开口鸣叫三五声，才悠悠向水田飞去。

三月

三月三，据说夜里走路能看见鬼火。多少年，我从来不敢在这天走夜路，所以并没有见过鬼火。村民用铁砂炒玉米，意为玉米爆花，炸瞎鬼家，邪祟不敢冒犯。乡谚还说："三月三，喜鹊飞过三道山。"大人严禁孩子打鸟、捣鸟窝。

天气终于暖和了，脱去冬装，穿上春衫。几只母鸡体温升高，羽毛蓬松，坐窝抱蛋。女人准备好箩筐，铺上稻草或者麦秆，码八九个鸡蛋，将抱窝的母鸡抱进去。那物不思饮食，时时守在鸡蛋上面。如此半个多月，鸡蛋开始破壳，一只毛茸茸的小鸡崽摇摇晃晃出笼了。

三月

地头有人嫁接果木，山间有人在锯松木，一男一女，来来回回，木屑四飞，不闻人语。一片白茫茫，一片雾茫茫，只有鸟叫声和人走路的足音。起先，一两声鸟鸣，鸣声响嘎嘎，尖而且脆，跟着是一群鸟的声音，经久不息。几只白鹭站立河畔，如临水照花，挑石头的男子路过，惊动了它们，慌忙振翅飞向远方，羽翼轻盈仿佛薄薄的雪片在空中飘摇。

桃花开始出苞，潭水清亮，映照一株桃红。忍不住想亲近那水，手一触，凉意沁人。河极清，不弯腰就能看见水底一颗颗浑圆的石头，水草疏淡，一尾尾小鱼游戏其间。河岸翠绿的草丛夹杂不知名的野花，顺风送来阵阵暗香。

茅香出来了，一两寸长，在横排背阴地方长着，人上前掐下来。安静小半年的春臼开始热闹，茅香在石臼下捣成泥，拌糯米粉做粑，肉丁粉条或者笋丝为馅。得闲，山里人家几乎都做几笼，馅不同，粑相似。蒸熟后的茅香粑颜色深青，咬开后，又糍又软又糯，是春色也是膏腴。此中老饕，三五天蒸几笼，经月不绝。吃粑时，孩子用筷子穿心而过，或立或坐，随意而食。

香椿发芽，采些归家，焯水后切成短丁，拌香油，食来养胃怡神。

茶叶开始兴发，不管阴天雨天晴天，地里总有采茶的女人，有人运指如飞，有人谈谈笑笑。鸟也跟着凑趣，站茶叶窠中，在人手两尺之外，赶也赶不走，或许寂寞太久，它们也想亲近一下人气。

溪水涨满谷涧，山中春色已然七八，渐熟渐老如院中樱桃。屋檐下，门阶苔痕斑斑，一左一右两本春兰开得正好，秀逸花箭全然舒展，姿貌雍容明澈，清芬隐隐散发庭院中，一丝一缕拂人鼻息。得闲与幽兰为侣朋，乡居岁月偶尔亦安恬祯祥如斯也。

浒村多兰花，阴排山上暗香弥漫，有香兰、蕙兰、芝兰……村落人家，偶有闲情，去山上挖两三兰草种在家里。过完正月，地气回暖，就有芝兰出芽吐苞。芝兰，独独一茎，花只一朵，香气却飘得远，穿过树林，越过山头，游离到鼻息间，勾着人心。

居村闲逛，总能看到人家屋檐下用破旧的坛坛罐罐栽着兰花。绿叶细长翠绿，极为壮观。贫屋简陋，泥墙青砖黑瓦，一盆花草每日迎风含笑。原来农家也有闲情，闲情到清静闲情到风雅，可以看到冗长的尘世如此意兴横飞，如花蕊，灿灿有色，幽幽生姿。

门前池塘开始有蜻蜓立足，浒村人称为塘雀儿，常常停在枯枝上或者浮萍间，任水泛起涟漪，它仿佛呆住了一般，动也不动。孩子们忍不住伸手欲捉，脚步虽轻，或许呼吸重了，不过一指尖距离时，蜻蜓忽地飞走了，惹得那顽童恨恨不已。

勤劳人家开始浸泡稻种，温度不高不低，夜里偶尔还起来掌灯看芽。不几日，稻谷一颗颗涨开了，生出乳白的芽头。

村口桃花开得倦了，点点在枝头泛白。有顽童上前双手抱住桃干，使劲摇着，飞花纷纷扬扬像暴风雪。放牧的人回来了，赤脚牵牛走过屋后坡路，绕过瓦房，站在池塘边。牛饱饱喝足水，抖抖身子，甩甩尾巴。

山色渐晚，大山慢慢隐进暗夜，一天又结束了。有人家唤儿吃饭，儿子贪玩游戏，耳不闻事，那声音渐渐大了，带着些许怒气，滚出院墙。有人家油锅飞滚，刺啦一下，传来锅铲炒菜的声音。有人刚进家，取出钥匙，一拧一推，木门在墩石臼里执拗转半圈，吱扭一声靠向墙壁。掌灯了，灯光一片昏黄，人影投射土墙上。大儿和小儿，捉影而乐，小儿按住大儿的头影，大儿一闪身，影子就挪开了。

春意渐深，村落山野各色鲜花盛开，小路常见挑夫折枝野花放在扁担一头，蕴含三分春色，又吉

三月

庆又和煦。日子贫苦，生于马槽牛栏，槽里栏里也有绿叶鲜花。

柳梢风味最好，丝丝绦绦长长短短，与茅草间杂一起。桃花谢了，焕然一树新绿。映山红丰姿美艳躲躲闪闪，小孩一捧捧折来当作玩物。草木向荣，人面欣欣。小女子穿上春衫，布袖飘摇如风行水上，韶华胜极，像一枝枝桃花。不独人物鲜活如此，屋前弯弯绕绕几条田埂，游蛇一般灵动。水口关上，田里浅浅一洼水，站在高处俯瞰，清凌凌泛光，如镜子映得云白，映得山绿，映得树翠。田边有山，不甚高大，青葱莫名，从山冈绿到岭脚。布谷鸟开始叫了，一只一只在田野咕咕相和，从清晨至傍晚。微风徐徐，正是放风筝时节，终日有纸鸢在天上飞着，高高低低。喝醉酒一般，飘飘然，醺醺然。

遍地庄稼映着四野青山，到处碧绿，风也仿佛有翠色。乡农造屋早已不用土窑砖瓦，省却许多柴火，不几年，养得山林茂盛繁密。乡下常见大树，一人抱不过来，厚朴有喜气。乡俗说"山上多柴，家道生财"，这就是太平盛世了。

乡野无邪，花草无邪，童年心性无邪。诗中说"路上行人欲断魂"，我并不喜欢，觉得阴郁低沉。年幼不知酒滋味，"借问酒家何处有，牧童遥指杏花村"两句，我读来也无动于衷。后来稍微大一些，见到更多清明诗词，后主词感慨，"才过清明，渐觉伤春暮"，未免丧气。倒是觉得白居易说得好，"好风胧月清明夜，碧砌红轩刺史家"。程颢也作过清明诗，"况是清明好天气，不妨游衍莫忘归"，比他《易传》《经说》《遗书》之类著作容易亲近。

清明节第一紧要事是上坟，大户大姓多有公祭，少则几十人，多则成百。众人举旗奏乐，在祠堂致礼一番，吹吹打打到族内几座远祖坟前祭祀，然后吃顿饭。无非鸡鸭鱼肉，加上自家园里的蔬菜。路过一处处坟地，想着地下那个人也曾有过百十年鲜活，也曾面容清秀，也曾身强力壮，只见他呱呱坠地，只见他洞房花烛，只见他儿孙满堂，只见他两手空空，只见他坟头长草……百十年后，我将如此，只有头顶日月星辰，只有左右山川河流常在。一时生出感慨，忍不住作了首诗：

平生心力半消磨，旧雨林泉鬼渐多。

四面青山多俚语，流云深处唱茶歌。

清明时节雨纷纷，总有大片连阴雨，蒙蒙细丝十天半月不止。天气应了诗句，年年如此。墙角苔痕又高了几寸，人在雨中，望着烟笼远树，景致更妙。雨飘在庭院，飘在池塘，飘在田垄，飘在坡地，飘在人的头面，细碎冰凉。早上起床，天空阴凉，人在山路上走着，突然下起雨来。淡淡雨丝淹没了万物，人静静站着，雨水、天地皆与人连成一体。雨沙沙落下，须臾，山间一切润朗起来。

雨似乎更偏爱夜晚，睡意蒙眬中依稀听见青瓦有雨声，沉闷或清脆，仿佛催眠曲，越发得了好睡。听雨是有意思的，沉闷的声音是雨落在地面的，清脆的声音是雨落在树叶上的，温暾的声音是雨敲打窗户或者芭蕉的。

雨天蕴意，是唐诗意宋词意。站在屋檐下，潇潇雨线里，采茶人戴着斗笠，像春山一粒黑点，慢慢移动。往年春雨下在诗里下在词里下在曲里下在小说里，随风潜入夜，润物细无声。长安的早晨，一场春雨沾湿了轻尘，客舍旁柳树的枝叶翠嫩一新。越中兰溪，水清如镜，两岸秀色尽映水底。连下三天雨，半夜有鲤鱼涌上溪头浅滩。凉月如眉，挂在水湾柳梢上。凤凰山刚下过雨，天空初晴，水风清，晚霞透明，一朵芙蓉盈盈开过。

春天多是细如牛毛的雨丝，斜斜织一张网。瓦楞上腾起青烟，瓦勾水珠串成帘子，隔开堂屋天井。

蓑衣挂在檐下滴着水，滴答，滴答，砸在石阶上，溅起黄豆大的水花，仿佛时光漏了个洞。伞总是撑放在堂屋，雨水流下，流成半圆。老妪坐在门槛上，就着天光，缝缝补补，妇人轻轻拍打小儿，仿佛替雨声唱和。

春雨沙沙复沙沙，染得纱窗外好一幅水彩。开窗，碧汪汪一泓清水，干涸小半年的池塘终于蓄深了水。有孩子打水漂，瓦片跃起落下又跃起，一跳一跳进了塘心，散开一圈一圈的水波。

走出家门，雨丝倏忽贴过来，无声无息，但觉脸颊一湿，润润的。放眼四望，只见白茫茫一片。雨落池塘，打出细微的涟漪，水面密密麻麻都是琐碎的波纹，一波未平又一波，无数的波纹来不及漾开来就被另一个波纹盖过了。树枝挂满雨滴，好像遍开水晶花蕊。雨滴将落未落，还是落了，不多时，雨滴又满了，再次猝然坠地。

雨落得久了，落得大了，山水自高巅而下，像条玉带穿行着，淌过狭仄的寨沟，潆洄而走，水就放荡起来，在平敞的田畈间欢唱着愉快的乐曲。河水满了一些，乱流山沟，水中圆石无数，大若菜盆，小似鹅卵，更小些的像弹丸，一颗颗润洁可喜。日积月累，大石块被冲洗得一平如镜。两岸青山逶迤，浅浅河床中奔流的山水，既不匆忙，也不懈怠，安分祥和地汩汩流过。大树小树长出新枝，茅草一人高，漫山遍野无羁的绿。

　　地气旺盛，天清目明。晴日得气，有田园气山林气。天地日月人世安定清明，春阳流水与畈上新绿有远意，水声经久不息，引得人向上向善向远。春天凝在花红叶绿里，溪涧池塘一天比一天鲜活丰沛，积蓄自然之力。野草越长越高，蒲公英绒球随风乱飘，荠菜老得开了花。

　　春欣佳景，牛都是喜悦的，忙完了田地的事，

三月

再不用整天出蛮力，站在草棚下，偶尔卧在地上，两只眼睛眯着，含有三分笑意。天气不冷不热，蝇虫不多，牛尾巴很少摆动，拖拉身后。野地郁郁生发，不必嚼棚里的干稻禾，每日早晨被拉去饱食大把鲜草，鼓腹昂首阔步从村前禾垛旁走过，潇洒陶然似仙家之物。午后，有牧童牵它上山，山林茅草遮身，那牲畜如入宝地，又一次肚皮浑圆。

四月

四月，立夏了。

立夏要吃芽子粑，以稗子为原料。稗子，叶脉像稻，壳中有籽，形状近黍，微微小一些，亦属谷物类，一尺多高，七八月熟，相传它是水稻之祖。

荒年时候，古人借稗子救饥，捣取脱粒，可以蒸食，或磨粉作面，还能酿酒，煮粥尤佳，据说滋味不输稻粱。我没吃过。稗子有两种，长在水田里的是水稗，旱野所生者为旱稗。李时珍《本草纲目》上说稗字从卑，是禾之卑贱者。

掐准春尾夏头的潮气，将稗子洗净装麻袋育芽，每天过清水，不然容易捂坏，待芽头点点顶出来，

四月

五六天后，已近寸长，便摊在竹匾里曝晒。日头紧咬，稗芽慢慢晒至灰褐色，越发蜷如雀舌，石磨一口口将其咽下碾粉。掺麦面热水揉搓成团，摘芭蕉叶为垫，放蒸笼里铺开，夜里自行发酵熟了，早晨以大火蒸。猛火催逼，蒸汽钻出甑盖，满屋白雾如山中晨岚。粑熟揭锅，芽子粑凝作殷红，红得发紫，切块如方印，粗朴里渗出清甜。

稗芽也能换作麦芽、稻芽，只是少了野趣少了清香，少了山家的情味，更少了暖老温贫的慰藉。

芽子粑照例盛满碗，嘴里念念有词，恭敬放门外或者桌上，请老人家回来享用。老人家者，先人也。村民习俗如此，遗风不知多少年。厨下每有佳肴美馔，必先祭祖，绝不独享。偶有孩子心急抢食，总惹来责骂，觉得怠慢了仙逝的祖宗。

立夏早晨，老人总会在床上多躺一会儿，听听鸟鸣。有鹁鸪声，或是山鸦云雀长鸣，则寓意今夏多雨，若是听见寻常鸟叫，则预示天气晴朗。老人说，立夏听鸟，听鸟趁早。还说，立夏喜鹊叫，蚕桑价更高。

立夏了，去麦田地沟走走，说是延年祛病。这一天，白昼不能睡觉，也不能坐门槛、床沿，说会惹来腰痛，容易生病。倘或不小心坐在门槛上，则要连坐七户人家门槛，方可消灾。小孩还有称重习俗，说是有益身心。顽皮的孩子反反复复称几次，或者赖在稻箩里不出来，让父母抬着他晃荡。

初夏还是多雨。土路湿透了，鱼鳞瓦湿透了，炊烟袅上来，恍若梦境，小麦绿油油的。池塘剩下浅浅一口水，倒影若梦境，像半阕如梦令。几枝翠绿的荷叶，快两尺高，随风摇曳，惊乱水面一群小鱼。鸡鸭鹅走过篱笆，走过门前石阶，步态温柔，屋顶瓦当和善安详，颜色明亮。雨很细，如丝如纱，乡人说是毛丝雨。斜风细雨中，撑黑布伞的孩子走在小路上，戴青斗笠的男人在地里忙活，一个农妇装

四月

得满满一稻箩红薯藤送到屋后坡地上。果树结出极小的李子、梨子，灿然如星，樱桃吸饱了雨水，开始有泛红的迹象了。

瓦屋下坐着，门前荷塘传来几声蛙鸣，先是一只青蛙叫，随后三五只，百十只，蛙鸣愈来愈闹，彻天漫地，四野响亮，此起彼伏，咯咯嘎嘎，呱呱唧唧，如鼓如弦，一浪一浪穿过唰唰细雨涌入耳中。田野间似乎隐藏了千只万只青蛙，彼此争鸣。雨声渐渐大了，蛙鸣一时又沉寂了，天地浑然雨幕。

水草茂盛了，青葱茁壮，带一股极强的泥土味。水边菖蒲松开了纤纤长叶，密密匝匝像碧绿的翡翠玉剑。岸边不时传来水鸟清丽的一两声吟唱，只闻声鸣，难见其影，它喜欢藏在树叶下。偶有过路客，只见枝叶轻轻抖动，一团灰影几个纵身早就飞走了。鸟翼不沾一星尘埃，山溪晶亮剔透得如水晶。

空山无语，静得能听见野鸟啄木的声音，一声老水牛的哞叫或羊的咩叫，阳光便灿然聚向一点，是一声又一声拖长了调子的哞哞咩咩。从河边走来浣衣人，布衣钗裙，肤色黝黑，河水悄然从裙边滑过。

阳光暖洋洋照在身上，照得久了，后背油油的，微微沁出汗，有热的意思了。风一日日吹过，油菜花期早已结束，开始结荚，一根根细细长长，饱满欲出，快要进入收割期。青菜长出菜薹，和豆腐同炒，清清白白，很养眼。菜薹和腊肉同炒，泛起油光，冒着香气，翠绿温润。豌豆荚圆滚滚的，用豌豆掺鸡蛋烧汤，一碗金绿富贵。莴笋一棵棵长得大了，粗若手臂。莴笋切块，和猪肉红烧，格外香。

茶叶采过三茬，茶价一天天跌下去，收茶的商贩停工了，母亲将茶采下，做点炒青自家喝。新茶用滚热的井水泡过，喝下一杯，周身俱暖。

节气小满，小麦次第成熟。竹林春笋疯长，雨夜路过时，仿佛能听见噌噌拔节的声音，一别三日，

四月

人就要仰望它了。长高的竹笋渐渐开枝，一地笋壳，有女人捡回去，剪成鞋模。

开始春耕，祖父在田里，犁开田泥，看见黄鳝，他总会捉回来交给祖母。祖母将黄鳝剁成一截截做汤，半寸一寸不等，头尾给祖父吃，中间粗大肥美的几段给了我。每年可以吃到三五条黄鳝，都是祖父犁田时捉回来的。用茶碗装着，入嘴清香。黄鳝并不稀罕，却是春夏时令之物。

水口封住了，田泥湿透软化，先犁一遍，灌水养十天半个月，再犁一遍，然后耙田，最后耖田，耖后方才插秧。耙以木头做成方格，下面都是铁齿，人站上去，让牛拉着，如篦子一般梳过泥块。耖高约四尺，横木为梁，装一排平行的铁齿，齿钉插入泥中，人扶手柄，驱牛向前拉去。

水田耖过，泥浆软熟平整，一块块白亮亮倒映着蓝天白云青山，倒映着树木和飞鸟。小蝌蚪一群又一群在田里游过，永不安歇。青蛙身子重一些，懒懒趴在泥水里，半天才跳几步。水田上空终日有鸟雀盘旋觅食，与浅绿的秧苗辉映。白鹭、灰雁、喜鹊、乌鸦、燕子、山鸡、云雀、八哥、鹧鸪、布谷鸟、长尾雉，低空飞着，不时啄衔而归，足尖触水的刹那，波光粼粼，人心随之荡漾。

性急的开始插秧了，站在水田，弯腰如弓，左手拿秧把，右手取下一两根秧苗插入泥中。人一步步向后，面前一棵棵绿色，慢慢铺开。柔嫩的一片绿，立在田里，好像浮在白云上，浮在蓝天中。田里多蚂蟥，叮人腿上，往肉里钻，有人从容弹开或者钳走，远远丢在田埂上，胆子小的，吓得从田里跳起来，带着哭腔，踉踉跄跄上了岸。

秧苗娇怯怯，细细的，风一吹，水波漾起，秧苗晃晃身子又慢慢静下来，一只蜻蜓飞上去，落脚时，秧苗又晃了晃。有些秧苗实在太孱弱，不经风，

四月

一吹就歪斜水田里，农人路过，忍不住脱掉鞋袜，下田去扶正它。

田埂种毛豆，外侧空地种花生、红薯或玉米，玉米根旁撒上豇豆种。玉米慢慢长高，豇豆一天天长高，不用搭藤架，顺势蔓延到玉米秆子上，看了心里欢喜。村口老槐开满满一树花，摘回来放鸡蛋清炒，饭量大增。

四月春夜，月光沁人，露水也沁人，走过一段田埂，月亮照过，水田上空气象晶莹。田里无数泥凼，每个泥凼住着一轮月亮，反射出淡淡的光线，书上说水银匝地大概就是那般模样吧。人停，月即停；人走，月也走；随着人踏小路，上山坡，转沙冈，再走过几处荒草地。走过池塘，月亮也跳进去蹚水而过。路过河滩，水中一轮明月，丢一块石头进去，水波乱了，月亮碎了一河。站在石头上，捧水洗洗脸，末了，将穿凉鞋的双脚在水中浸一会儿，又冰凉又清爽。月光照过，河水发出柔和的冷光，水流月动，光影荡漾，一晃一晃跌跌撞撞明明暗暗流向河潭，一路漂向村口。上游也有一汪水光，遥遥向下。月亮正圆，银色的月光映着清凉的水光，水光和月色凝在一起，一时也分不清水光月色。进得家门，才发现裤腿被路边的野草撩得湿漉漉的。窗外山月依旧高高守候在村庄上空，照在庭院。

没有月光，走在幽暗的星辰下，大地元气汹涌，自足底灌入体内。走十来里路，鼻底一会儿是山的气息，一会儿是水的气息，一会儿是青草气息，一会儿是稻田气息。走在那样的天地，心思越发沉静，又自失起来，肉身遁入虚空，须臾不在了，随魂魄精神一同散去，落得遍山遍野。归家后，神清气爽，背心微微沁出汗，身体湿润。

黄瓜挂满棚架，绿身细长，通体带刺，顶端还有黄花。黄瓜洗净，用猪油清炒，菜荒时，一日复一日，饭桌上都是它，寡淡无比，孩子总忍不住哭闹一番。隔三岔五，母亲将咸菜拿出一小撮，泡水蒸熟，用来下饭。一勺咸菜，下大半碗米饭。抑或将鸡蛋搅碎，添米汤放在饭锅里蒸成羹。

桃子熟了，是为四月桃，小的如鸡蛋，大的近乎茶碗，桃尖透出一抹红，引来无数馋涎。桃子结满树，密密麻麻，压得树枝垂地，偶有三五个顽童拿一根竹竿在桃树下躲躲闪闪，东张西望。

四月的桃树像怀了珠胎的妇人，有种富态美。清晨，露水凝在桃子上，茸毛竖起，桃皮沁出水光，映衬得桃腹格外鲜艳透亮。不多时，阳光斜切过院墙，将半树红桃染作胭脂色。几个肥大桃子忍不住探出身子，出了院墙，横在路上诱人。不几日，那物果然脱离枝头，不知进了谁的肚腹。

五月

又是一年五月初五端午。适逢节令，自有平日所无的章程，立夏称重，端午包粽子、吃绿豆糕，中元烧香纸，重阳打糍粑，中秋食月饼，过年祭祖，清明上坟。浒村一岁，尤重三节，端午、中秋、春节。春节的热闹不必说，端午、中秋亦有喜悦。

过端午，吃粽子习俗由来已久。古人包粽子多用黍米，籽粒淡黄色，也叫黄米，煮熟后有黏性。粽子一般四个角，三个角的也有，还有五个角的，像戏台上的帽子。端午节前一天傍晚，去石坝下摘几沓箬叶，或者用芦苇，一叶叶洗净叠好。天刚亮，奶奶开始包粽子，取箬竹裹充糯米，一头尖尖像牛角。

粽子或素馅或肉馅，用稻草绳捆好，放入蒸笼。蒸笼不断冒出热气，一厨房都是糯米香与竹叶的青味。粽子出锅了，馋嘴孩子迫不及待地取一只，真烫手，只得左右倒腾，抛上落下，粽子像只青鸟在手中跳跃。稍凉一些，慌忙剥开粽叶，嘶嘶吹气，一口咬下小半只。

粽子放在碗柜，用竹筲装好，打开柜门，剥叶即食。那时候我已经上了学堂，问吃粽子的来历，有学问的乡民和我说了一番屈原投江事。直到现在，我对屈原还是没有太多好感，为他投水而死感到不值；对楚王更没有太多好感，小小的心灵觉得他这样的人当了王，总归是老百姓的不幸。或许是这样的缘故，总不以为粽子美味，觉得只是软糯香甜而已。吃完粽子，手上都是黏黏的，也不好洗干净。

浒村人家里包粽子，会裹上一颗红枣，求一个甜蜜，再蒸几枚咸鸭蛋，一分为二或者一分为四切开，四仰八叉躺在白瓷盘中。说来也怪，咸鸭蛋非要那样切食才流光溢彩。囫囵剥壳而食，不仅少了情意，似乎滋味也差一些。我不喜欢吃粽子，唯好其香，那气息缥缈肆意又含蓄温柔。

古人多以菰叶包裹粽子——包黍米成牛角状，称角黍；用竹筒装米密封蒸熟，称筒粽。筒粽方便快捷，近年巷口常见老翁老妇贩卖。粽子剥开以长竹签擎来吃，滋味清绝，有翠竹气，也有糯米的清香，还有浒村人家旧时气息。每回吃粽子，总会想起祖母。今时回忆，祖母包的粽子，说不出的家常朴素，后来我再也没有吃到过那么美味的粽子。

端午节旧俗，照例要挂把艾草在门头，我家年年只是随意放一捆在那里。也有人家拔一把艾蒿放在门头门边辟邪，还有人将艾草剪作宝剑形状，以驱五毒。民间各色禁忌皆有仙鬼依附其上，这是俗世的庄严肃穆。大人用雄黄酒在小孩额头写个王字，说可保一年不生毒疮、痱子。幼儿穿太极图案肚兜，胸前佩长命锁，外婆、奶奶、母亲给孩子做布艺猴子玩耍。

布谷鸟在村口，在树梢，在山尖，在屋顶，一日高似一日地叫唤，听在耳里，仿佛催促人割麦插禾，布谷也被浒村人称为割麦插禾鸟。从厨房墙壁上取下镰刀，去麦地里，一刀刀收割，麦子一片片倒下，用葛藤捆起来，驮进家门晒好，用连枷打出麦粒。连枷多由竹子做成，两米多长的敲杆，前段有一面盾形竹牌，专门用来拍打小麦、大豆、芝麻之类。连枷连轴多用栗树削成，转动灵活。南宋范成大作《四时田园杂兴》，记时人连枷事：

新筑场泥镜面平，家家打稻趁霜晴。
笑歌声里轻雷动，一夜连枷响到明。

宋朝人尤为勤快，一夜连枷响到明的景象我没见过。夜里起露水，并不利于连枷脱粒。这时多用风车吹去瘪谷、草叶，或者以筐箩扬起小麦，借风吹净灰皮，然后入仓。金黄的麦地又恢复了土色，不过空了三五天，就要开始播种玉米了。男人拿条锄挖地，天气开始转热，挖得久了，索性赤着上身，肋骨历历可数，几滴汗珠窝在骨肉间，吸气的时候肋骨嶙峋，如水里波纹。小时候见了，从此知道民生艰苦，多少人为了一口饭竭尽全力。浒村男人，再弱小也是家庭的顶梁柱，他们为了子女，面朝黄土，不言不语，只是忍只是让，大道无言。

谚语早就说过："小满插田一两家，芒种插田普天下。"稻秧满月即可插田，插田是大事，打豆腐、做糯米圆子，准备各种美味佳肴，接亲戚来喝酒。

五月傍晚，妇人挑着秧苗走在田埂上，放学早归的孩子抱了小小一捆鲜草尾随其后。一身污秽的

五月

水牛站在河潭清洗身子，洗得一河泥腥，清流变成了黑水。春耕辛劳，人累，牛更累，走路时四只蹄子微微发颤。亲牛如子，人舍不得它，伸手在牛颈套杆的地方推推捶捶，更做一些玉米粑、米浆、黄豆浆送到牛栏喂给它吃。

插田当日清晨，老派人家早早来到秧田边，在田埂插三炷香，烧香纸、放鞭炮，叩拜上天祈求丰收。还有人吃早饭前祭拜土地公。旧日风俗，插田那天的早饭不能有锅巴汤，说是汤汤水水，年中容易多雨，影响收成。插完田后，客人给主家脸上、身上糊上泥巴，是为糊仓，寓意丰收。

一下雨，桑叶浓郁起来，映得人脸都是绿的。桑园静静的，满眼绿，听不到一点声音。桑树上长满紫红的桑葚，浒村人从来不敢吃它，说是有毒。

村人谓一切草莓状野果，皆为范，桑葚为桑叶范，此外还有大麦范、小麦范、地形范、老鸹范。每每吃得老鸹范，染得手指是黑的，嘴唇也是黑的。有孩子顽劣，满脸涂上老鸹范汁，扮演包青天扮演阎王爷，少不得惹来父母打骂数落。

桑叶是蚕的食粮。蚕食清洁，桑叶不能带水汽，不能枯萎或有异味。食桑之际，蚕猛地一缩，脑袋昂起，又低头深嗅。我喂过几次蚕，一把桑叶盖上去，蚕细小的触须样脑袋一头栽进绿叶上磨蹭啃噬，食叶之声沙沙如细雨打湿梧桐，不多时，桑叶斑斑驳驳，蚕食殆尽。吃剩的叶脉下有蚕蜕的皮，还有黑色的蚕沙，干燥、坚实、均匀，微微有青草气。

童年时经常流连桑园，我的记忆有桑叶的味道，我的记忆有蚕食的声音。

中国文字记录采桑的场景很多，采桑几乎成了中国文学的一个永恒话题。见过各种采桑图，从战国铜器图铭到今人水墨。《诗经》有许多篇章描写蚕桑，先秦的春天一片阳光，有黄莺在歌唱，妇人提着箩筐，走在小路上，去给蚕儿采摘嫩桑。郑国的农人说，不要跨过我的墙头，不要采摘我的桑叶。魏国桑田里，采桑人来来往往。

桑叶是农民的叶子，养蚕卖茧，补贴家用。蚕身颜色逐日变淡，呈灰白两色，略显浑浊，并夹有褐色花纹，一节一节，好似会伸缩的弹簧。桐城友人说他们家门口忌讳桑树。前不种桑，后不栽柳，中间不种鬼拍手。桑同丧，柳喻流财，不吉利。槐树叶像鬼手，晚上刮风易招鬼，也不吉利，此俗我地皆无。

星光灿烂，夜色如水，菜叶上露珠粼粼。常有青萤飞入窗口，屋内荧光闪烁，更有月色照得纱窗一片皎然，几缕寒光泻进室内，映着半床诗书。

天开始热了，厚蚊帐早就拆下来换成了薄纱。厚褥子也晒了两个大晴天，装进木箱。床上铺有凉席，地下也铺着凉席。睡凉席上，蒲草的幽静包裹着人，沉浸于蕴藻之香，凉悠悠的，很舒服。人人拿着芭蕉扇，只在通风处阴凉处坐着，手中的扇子摇动不止。乡民有俗语说：

扇子扇凉风，扇夏不扇冬，

有人问我借，要过八月中。

扇子扇凉风，时时在手中，

谁要来借扇，请问主人公。

芭蕉扇，又名蒲扇，农人惜物，取废旧的布条将扇子边缘包起来，有人家一把扇子用了十好几年。母亲用它为孩子驱蚊散热。芭蕉扇摇过树荫，摇过门槛，摇过堂屋，摇过厢房，摇过走廊，摇过一个个白日暑天。入夜，躺在床上，还在不停地摇着，不知不觉慢慢睡去。天明起来，扇子不知什么时候跌落在床前踏板或地上。惜物的主妇慌忙捡起来，

五月

心疼地轻轻拂拭几下，将扇子举起查看，并没有破损，这才放下心来。

很多人家的蒲扇早就褪了青绿，骨节泛出竹黄，叶面裂出细密的纹路，像田垄被日头晒开的沟壑。汗浆浸得竹柄油亮，握处磨出浅凹。夏夜总见蒲扇晃悠悠悬在凉床边、竹椅上，摇得似钟摆。蚊蝇扑上来，须臾又被扇面拍散，荡进夜色。蒲草香裹着田野气息，风穿过叶脉的孔隙，摇出忽长忽短的凉，挟着腐叶的潮气，比新扇子多了三分幽寂多了三分散淡。

六月

六月六，晒红绿。大清早，在稻床上摆好蒲篮，摊开被褥衣衫，阳光晒透了樟木箱的陈香，晒透了棉布里的湿气。女人坐在屋檐下，挑开旧衣的线头，缝缝补补，补好光阴的裂缝。

饭桌还是离不开黄瓜，好在四季豆出来了，用猪油、蒜瓣炒，碧翠青绿横陈在盘子里。慢慢地，豇豆开始出来了，挂在地里，有琳琅之美。拔掉豆角两尖，一节节去筋折断，炒半熟，蒸米饭时放在锅边，饭好了，豇豆也焖得熟烂。一碗米饭，碗头豇豆热气腾腾，深吸口气，须臾空碗朝天，肚子也饱了。

地角毛豆开始出荚，摘下满荚的回来剥壳烧鸡蛋汤，那是夏日饕餮之宴。毛豆汤用大瓷盆装着，鲜美如雾如幻如电如露，孩子们准会吃撑。丝瓜也长大了，清炒或者做汤，餐桌上每一相逢，就觉得是六月里的年节。偶尔家里来客，去小店拎回一刀肉，杀只鸡鸭。杀生时，嘴里念念有词——

杀鸡念：

鸡呀鸡，你莫怪，你是阳间一碗菜。脱掉毛衣换布衣，来生变人不是鸡。

杀鸭念：

鸭呀鸭，你莫怪，你是阳间一碗菜。脱掉毛衣换布衣，来生变人不是鸭。

杀鹅念：

　　　　鹅呀鹅，你莫怪，你是阳间一碗菜。脱
　　掉毛衣换布衣，来生变人不是鹅。

　　鸡生命力很强，有人手松了一下，鸡掉到地上，
喉咙虽已迸射出鲜血，它居然扑腾几下，站立起来，
疯一般跑几丈远才倒下。

　　夏天常有大雨，天空动辄浓云密布，带着雷声，
好像平畈会震裂一条缝。轰隆炸天，先在远处山沟
来回滚动，一个霹雳就落到人家屋顶头顶。

　　草木承雨而欢，树枝水洗过，绿得可爱。猫狗
站在屋檐下意态萧索不振，不吠不动，极落魄潦倒，
如落水状。群鸡无鸣，展开翼翅，抖落雨水，躲进
屋檐或者矮树丛中。老房子天井越发潮湿，雨水自
鱼鳞瓦缝隙流下，如断珠玉屑，掉在青石板上。日

六
月

积月累，石板光滑如明镜。青苔更绿了，碧油油的。

雨天会看见形单影只的鸟，白鹭、云雀、喜鹊、燕子、山鸡、八哥、翠鸟，飞飞停停，一时在池塘边，一时在芦苇丛，一时在树梢，一时在沙洲，茕茕孑立，百无聊赖梳着翅羽。烟波迷蒙，雾色苍茫，飞鸟自山头飞向水畈，自水畈飞向山头，周而复始。

坐在屋檐下，看着鸟，心里常常感到空旷感到幽静。偶尔去门前池塘边看鸟，有回遇见一只肥硕的大鸟，张开羽翼，三尺长，从田垄最高处，扑向下方水田，悄无声息，滑翔着，翅膀定定伸开，不知道那鸟从何处来，也不知道它向何处去。一时以为那鸟是我，我就是那鸟。

雨天茄子地最好看，紫色茄子又饱满又粗大，挂满水滴，仿佛是溢出的汁液。那时候刚读完《水浒传》《三国演义》与《隋唐演义》，觉得菜地也有英雄气：

东南一员大将，身着青袍，立于阵前。此为小青菜也。

西南一员大将，身着紫袍，立于阵前。此为紫茄子也。

东北一员大将，身着绿袍，立于阵前。此为南瓜头也。

西北一员大将，身着白袍，立于阵前。此为白冬瓜也。

雨下得久了，群山幽暗，灰云密布。空气湿漉漉的，年画回潮了，软塌塌粘在墙壁上。有人家春联还在，不小心碰到，染得一手黑灰，凑近闻闻，犹存墨香。

雨下得久了，山间长出很多蘑菇，乡民给它们取名鹰爪菇、枞树菇、茅草菇、喇叭菇……很多野生菇像伞，孩子们也跟上山，大人采得多，用竹篮子装着，孩子们采得少，扯几根狗尾草，将蘑菇穿起来挂在胸前。蘑菇烧汤或者放辣椒、咸肉炒食，入嘴之际鲜味氤氲。

晴天，田里有人在薅草、喷药，也有人用篦虫梳去虫。篦虫梳是一根两米长的木齿条，像梳子，两头留有手柄。两人各执一头，梳头一般，去稻田里一片一片将虫梳出。

白昼极长，清晨的太阳有些性急，早早出来了，不一会儿就烈光灼人。傍晚的太阳似乎太磨蹭，在村口上空赖着，迟迟不挪步子。吃过晚饭，看看西天，还剩半圆在山尖悬着，斜斜照过裊在青色瓦片上的炊烟。乡村安谧而祥和，似乎中暑了，累得不言不语，只想早早融入清凉的暮色中。蝉声肆虐，四野乱叫，声浪一声高过一声。走出门，漫山遍野都是蝉鸣，整个乡村响彻一片，何止千只万只。地上蚂蚁如在热锅，一天天慌慌张张在草根树皮下奔走，也不知道它们在忙什么。地里还有人在劳作，趁着最后的天光，趁着傍晚的清凉，化作"带月荷锄归"的田园剪影。

蝉鸣是夏日的针脚，密匝匝缝补漫长的白昼时光。晌午，日头毒时，人不敢外出，蝉声越发激昂放肆，漫过篱墙，漫过瓦房，如滚烫的开水泼在青石板上。树叶漏下的光斑沾了蝉声，粘在地上。午后，竹席上躺着打盹的老人，不多时，鼾声大起，遮不住蝉鸣半分。孩子在堂屋嬉嬉闹闹，蹦蹦跳跳的声响也遮不住蝉鸣半分。

黄昏，暑气稍微淡一点，鸣蝉似乎格外舒爽了，音色又高了，兴许有些累，叫声多了浊气，不复正午清亮。夜色一点点老去，草间滴露时分，蝉音犹在晒场石碾缝里幽咽，在树林幽咽，在屋檐幽咽，透过深夜的暖风，透过纱窗。

池塘浅了，经不起农人连番开闸灌溉。几个女人砍几根水竹，站在塘埂上一点点钩起菱角。菱角极小，只有小手指头般大，一口一个，白嫩嫩，入口香脆，水汽弥漫。河里的孩子渐渐多了，个个脱得精光，藏进浅水滩扑腾起水花。有时孩子勤快，提个箩筐，顺便摘些岸边的野菜，回家喂猪。几个大一些的喜欢坐在石头上，用脚击打着水，溅得水花四起，扑得一头一脸。偶有一两条鱼儿贴腿游过，惊得人一缩脚，随兴抓些青草放在水里，眼望着它漂浮而去，一只胆大的蜻蜓，居然站在水草上，跟着悠悠荡荡。

蜻蜓种类多，浒村常见的是通体淡红那种，一指头长；还有躯体深褐色，透明的翅膀上有细纹的蜻蜓；一种被乡下人称为鬼塘雀，体形极小，翅膀超长，飞行诡异，喜欢出没在河道山谷。天黑时，还有种飞速极快，躯体淡灰的蜻蜓，它们体形相似。另有体格硕大的蜻蜓，尾巴像条火柴梗，翅膀坚硬，躯体五色相间，色彩斑斓，乡人尊它塘雀王。那物性子猛，捉住了往往冷不丁俯首咬人。蜻蜓之羽膜质，翅长而窄，网状脉极为清晰，飞行力强，既可突然回转，又可直入云霄，有时还能后退。

傍晚，能看见低空飞行的红蜻蜓。天一黑，不知道它们从哪里钻出来，先是几只，跟着几十只，天空中几百只几千只几万只乃至几十万只……近乎蜻蜓雨。有人拿起竹枝乱舞，不多时，一地蜻蜓断肢残腿，鸡鸭扑上去，片刻啄食干净。鸡敏捷，吃得多些，鸭和鹅体态笨拙，到嘴的野食常常被鸡抢走了，气恼不过，又无能为力，只能嘎嘎嘎摇着身子在院落晃悠。

暮色上来了，蜻蜓都飞走了，一只不剩，有角落草丛还藏着些断身残躯，一只晚归的小鸭子悠然觅食。

近年夏日回乡，总遇不见那样的蜻蜓雨，再也没有人拿竹枝挥舞打杀它作鸡鸭的口粮。有次在门口小河边篱笆上，看见了两只蜻蜓，无声停着。一只大一些，蓝莹莹长着黑色尾巴；一只小些，躯体红色，羽翼淡红，尾巴短。

我最喜欢蓝蜻蜓，前些时候遇见了，蹑手蹑脚近前捉它，蜻蜓猛地卷起身体想飞走，将它翅膀竖起捏住，竟然不再挣扎。静静看着，觉得生灵可亲，于是松了手，蜻蜓转眼飞向田野深处。飞走的也有我曾经的时光，心头说不出的茫然。

七月，暑气蒸腾。锄草人的草帽下，汗滴染上黑灰，从额头到两腮，落地摔成八瓣。蝉声泼在树影里，田埂上的稻穗早已灌浆，低着头仿佛在蘸墨一笔一画书写着五谷丰登。河水都是温热的，水桶拎起，一河红霞搅得粉碎。傍晚，劳作的男女踩着一脚污泥回家，鞋印烙在青石板上，一步步淡下去，转眼被暮色吞没。

　　晒场竹床上乘凉的人，手捧粗瓷大碗，米粥沉浮起几节咸豇豆，几根萝卜干，几片咸菜。晚饭后，丝毫未见凉意，蒲扇一刻不停，摇碎满天星斗，摇出稻花芳香。

七月

处处燥热，山地倒是阴凉，草浅处可卧可眠可立可坐，或捧书闲翻，不知不觉，日影西斜。在山村走夜路最有意思，只是人的胆子要大些。长辈告诉我，哪里闹鬼，哪里有蛇。那些地方，我总不敢去，哪怕白天心里也有怯意。后来才知道，世上还有远远比它们更阴森的东西。

村里处处是山，一日过一个山嘴，祖父说那里是胡蛮牛墓地。

胡蛮牛是同宗先祖，相传熊腰虎背，豹头环眼，身高八尺，力大无穷，虽是耕种为生，却一味好舞枪弄棒，勇盖一方，真名遂佚，人人称呼他蛮牛。一日乡里有强寇来犯，先派人探风。遇见探子，胡蛮牛知道来者不善，抱起老牛如婴儿般去池塘边清洗牛蹄，探子哪里见过这般惊人神力，吓出一身冷汗，咋舌不已，强人从此不敢来犯。

祖父说胡蛮牛有条铁扁担，重八十八斤八两八钱，双手舞动起来，快如风，水泼不进一星半点，像有精光护体。这故事小时候听得欢喜无限向往无限。那时候刚读到演义明初故事的《英烈传》，为我乡也有常遇春、胡大海一般人物心生几股豪气，又可惜他生不逢时，生不逢地，一生委屈乡里，倘或他在隋唐，或许也是位列凌烟阁上的英雄。

走在乡野路上，周围的黑暗只是浓，几窗暗淡的灯火淡淡亮着，鼻底处处是青草、河水、池塘的新绿气息。有月亮更好，草地就像撒满了白糖，走上去软软的，很舒服。暑气开始淡下去，懒散在田野里。

田埂毛豆出来了，连根拔起，连豆萁一起剥壳。毛豆炒肉丝炒青椒，或者做汤，有很好滋味。将籼米小火慢炒，磨成粉，与肉汤、毛豆米、辣椒末混拌一起，做成籼米圆子，放笼里蒸熟即可。粉肉如玉，辣椒通红，毛豆碧绿，颜色好，滋味更好，每

七月

每有吮指之乐。后来，再也没见过那样好吃的籼米圆子，更没有吃过让人吮指的食物了。

玉米又青又壮，长出褐色须子，掰下一个，连皮壳埋进灶火烧得金黄，捧在手里吃了，手是黑的，嘴角也是黑的。照照镜子，人笑了，镜子也笑了。从地里抠出早熟的红薯，塞进灶膛柴火里，半下午，劳作回来，扒拉灶灰，红薯烤熟了，或粉瓤或红瓤。粉瓤红薯粉扑扑，近乎板栗，红瓤红薯细腻香甜。

七月七日，是牛郎织女相会的日子，老人都有些欣然，为牛郎喜，也为织女喜。夜里乘凉，不时抬头看看天，低声说几句王母娘娘的不是。传说织女是天庭仙家，擅长织布，每日在天空织彩霞。有一天她偷偷下凡，私嫁牛郎，二人男耕女织。此事惹怒了王母娘娘，令天兵天将把织女捉回天宫，王母娘娘取下发簪一挥，天空现出一条银河，从此牛郎织女天各一方，只在每年农历七月初七相会一次。

尚未出伏，天天烈日高悬，热得狠了。天刚煞黑，家家户户搬出凉床，有人坐着，有人躺着。晚饭后，星光下轻声细语或者欢声笑语。有邻人在塘埂通宵乘凉，天亮才回家。那时候刚读过一本传奇，忘记哪朝人写的，说有人喜欢在月亮地夜寝，时间久了，额头渐渐鼓大，痛不可耐，利刃割开皮肉，赫然一枚琥珀。时常想告诉那个通宵乘凉的人，可是一直没能说出口。眼见他周身如故，并无异样，心里暗暗放下一块石头。

暑天，食欲不振，嫌米饭太硬，吃两碗锅巴汤便罢了。锅巴汤做法简单，铁锅煮饭，水开后稍焖片刻，用筲箕沥尽米汤，将半生的饭坯倒锅中，以火烧之，饭熟时，不忙开灶，让锅底米饭烧至焦黄，是为锅巴。锅巴以铁铲分成数块，倒入米汤，就成了清香四溢的锅巴汤了。嫌汤不够滚，添把柴火再烧一下。

干锅巴闻来香，吃来脆，甚是适口，不过年老齿幼者不很适宜，且不易消化。放入米汤后的锅巴泡得软软的，容易入口，风味也佳。吃锅巴汤，配咸菜滋味更好。黄灿的豇豆、碧翠的黄瓜、红艳的辣椒、赭黄的雪里蕻、雪白的小葱头、脆嘣嘣的白萝卜，以此佐餐，妙不可言。

日子寡淡太久，格外盼过年。时间倒流，浒村破旧瓦屋下一个小小顽童拽着祖母衣角，亦步亦趋，形影不离。顽童总好问："奶呀，么会子过年喏？"今天问明天还问，祖母不厌其烦，手指西边那个叫黄泥沟的山头说："等太阳从那里落山就过年了。"顽童恨不得有通天本领，把太阳拽过去，按住它的脑袋从黄泥沟落山。

转眼七月半，这天鬼节。家家户户在稻床外或者塘埂上画圈烧纸钱，烧给先人也烧给过路的孤魂野鬼。以草纸剪出冥衣，再折些冥钱之类烧化，谓之小鬼抢衣。

鬼节夜，须紧闭大门，尤其不让孩子出门。老人说孩子火焰低，出门会撞煞。村民最怕火焰低，说老人、孩子、女人火焰低。所谓火焰，是人的元气和阳气。晚上梳头，降火焰；晚上照镜子，也降火焰；更不能在夜里吹口哨，容易招鬼。人人深信不疑，时过境迁，想来虽属无稽，到底烂漫在焉。

河水浅了，石头在烈日下暴晒，干渴欲裂。池塘干了半个多月，塘泥裂口一条又一条，泥鳅干得像一截枯木，僵在那里。村口几个老人窃窃私语，他们打算求雨了。

浒村旧属楚地，尚巫。夏季水稻成长，干旱足以令农人食不知味，寝不能眠。人说龙王司雨，按照传说中的样子给龙王雕了木身，逢初一、十五带香纸爆竹之类参拜，为保一方风调雨顺。龙王庙很小，一座小殿和两间偏房而已，农民就近打理。偶尔天公不作美，迟迟不见雨水，塘泥结成一块块实心疙瘩，龇咧缝隙，面目狰狞。时令酷热，龙王不赐甘霖，这时就要求其施雨了。

求雨前先起水。众人推举出个有名望的老者做主祭，向龙王询问起水方向。议好日期，主祭人沐浴更衣，龙王座前进香，跪蒲团上叩头，用两块木片做成的玟子向龙王请示，东南西北四方一一问到。问到某个方位，玟子扔在地上刚好一正一反，就是龙王神谕的起水方向。

定好方向，七名童子组一支取水队，手执红、橙、黄、绿、蓝、靛、紫七色旗，几个村民敲锣打鼓，从庙里抬走龙王木身，到起水方向寻一眼泉，以瓦罐取水，取鲜竹枝，留三片叶，在瓦罐内沾水，轻轻洒在地上，大声高呼："老天爷，你赶快下雨哦！地上禾苗干得伤心。"村人一路喊叫祈祷，不多时，来到专门为此搭建的求雨台上。求雨的人面向北方长跪不起，磕头再磕头，仰望苍天，此曰拜北斗星君。一时间，全村老少咸集，一齐向天求雨。人跪在干裂的土地上，额头磕破了，血水与汗水从眉宇之间涔涔而下，急红的眼睛充满焦渴，期盼赶紧下场雨。

苦苦跪拜几天，天不改色，农人开始不耐烦，心里聒噪，渐渐生出恼怒。几个蛮汉气不过，跑去庙里将龙王扔到烈日下曝晒，或者三步一打，拖木身到河堤受刑，再扔进水潭泡几天，求雨闹剧彻底收场。

老天总会下雨，雨终于来了。干旱太久，大地燥热，雨落下，扬起浮尘，鼻底悠悠荡荡是土灰气息。雨过天晴，山间常有彩虹桥，是拱形的七彩光谱，巨大迷幻，由外圈至内圈呈红、橙、黄、绿、蓝、靛、紫七种颜色，就像求雨的七色旗幻化而成。

下雨后，农人依旧归功于龙王布施，慌忙安置好神位，庙里庙外张灯结彩，摆设香案，答谢那个多有冒犯的木雕，磕头谢罪。前额重重碰在地上，

七月

砰然有声，嘴里一遍遍念叨：只请龙王老爷宽宏大量，神人不记凡人过。只请龙王老爷宽宏大量，神人不记凡人过……龙王在神龛里动也不动，静静看着。

兴许龙王神威不足，村民又请回若干菩萨，龙王挪至一旁，庙改名众神庙，后来又改为云浒庙，村里秀才用毛笔题上匾额。

童年去庙里玩，想起《西游记》事，龙王唯唯诺诺，法术并不出众，心里对眼前的雕像生不出太多敬意。后来听说龙王真身被人带走他乡，庙祝只能换尊小些的摆上去。不独人生命运多舛，龙王身世竟也如此坎坷如此无奈。

八月

菜园最能看见时间流逝，一到八月，豆角、黄瓜败势，将它们连根拔起，开始播撒白菜萝卜。

　　早已入秋，但暑热不退，山里地气蒸腾。农作物好像一夜间成熟的，田野大片绿里开始浮现金色黄色，沉甸甸的水稻，气昂昂的玉米，圆滚滚的南瓜，它们都是黄灿灿的。南瓜藤上结有几个小南瓜头，也不待养老，直接摘回去切丝清炒。

　　天气一日凉似一日，风轻轻鼓荡衣服。曾经遍体汗津的身子，静静沉浸在水样秋意里。茅草渐渐泛黄，从浅到深，后来连粗大的主干也一片焦黄。乔木叶子被风吹得歪歪斜斜瑟瑟发抖，让人想起寒

八月

士的落魄。池塘边的芦苇和水草，现出苍黄。时近黄昏，夕阳斜斜射进池塘，远远望去，那些衰草像是倒插的淬了火的宝剑，萧萧傲然挺立，有种落寂美，说不出的悲壮。

秋风来了，秋雨来了，桂花开了，开得一树金黄一树锦绣。丝雨连绵，飘忽三五天，将一窗清凌凌的山河原野变成半卷古旧的老画。灰白的天空像一面筛箩，筛下无数若有若无的淡淡细丝。与其说是雨，倒不如说似烟似雾。微雨如雪，着落无声。天是黯然的，雨落得大一些，雨线结珠，有晶莹之美。

几场雨下过，有些凉意了。怕受风寒，人回房披上一件外衣，双手并不塞进袖子里，人走，袖子也走，空落落衬得那骨瘦如柴的人更高更瘦。柿树叶开始泛黄，不时飘落地上，柿子肚腹凝聚着雨珠，点点滴滴落下来。香樟树经雨水打湿，只觉得清凉宜人。

家家户户走廊堆着玉米，黄灿灿码成一个垛，十分宁静。那只大石磙，被几个孩子下力滚到稻床边立着，石眼进了沙，长出一丛野草，野草开始枯萎，经水一淋，湿漉漉又多了些生机。

雨打在秋叶上，又新鲜又悲壮，说不出的生机勃勃，说不出的饱经沧桑。走进长街短巷，经过青瓦白墙粉黛人家，走入风风雨雨，走入凄凄切切，走入冷冷清清，走入缠缠绵绵，走入萧萧瑟瑟……山是绿的，水也碧清一汪汪，余下一切灰白。

田野呈现出收割后的凌乱与疲乏，村农脸上挂满丰收的喜悦。一箩箩玉米，一袋袋谷粒，充实粮仓，充实心肠。天高，气爽，人多了从容多了安详。傍晚时候，老人眯缝着双眼，坐在屋檐下默默垂着头，是沉醉也是沉睡。

转眼临近中秋。那几天月色最好，皎洁下淡淡的树影、屋影、人影。农舍灯火点点，四周都是青

八月

山。月光照过田野，万物如水，波光粼粼，凡俗如我者也隐隐有飘飘欲仙的快意。放眼望去，一泓月色，天地似乎开阔了许多。青草茵茵，蒹葭苍苍。池塘一汪秋水，哗哗响着，水面涟漪荡漾。旧岁有摸秋习俗，年轻人乘月色到邻家菜地摘取瓜果，送给盼望生儿子的人家，为其引子，所谓添子得果。

中秋节的夜晚，在庭院设香案，摆上月饼水果，点烛焚香，拜祀月光菩萨，孩子称月亮外婆。如果是大晴天，月亮地里，漫天星火下摆张桌子，一家人团团围住水壶的袅袅热气，月饼切成扇形，就点心，喝茶聊天赏月。

家人闲坐，看看天上的月亮，看看地下的月光，有一点触景生情，老人把从前的人世沧桑细细诉说，将旧事的跌宕起伏娓娓道来。夜深了，邻家灯火寂灭，灰瓦静穆。天际有乌云，月亮在空旷的苍穹上又大又圆，像镀了一层荧光粉。秋夜静如处子，没有风，一道山水悄悄歪在山坳里。

月圆人团圆。几盘时蔬、一碟小炒、两张金黄的月饼，再加壶粗茶，喝到月亮升上来了。中秋节的月亮真圆，照着庭院一片清辉。抬头看看，那一轮远古的月亮透过秦汉的时光，穿过唐宋元明清的夜晚，在树梢，在山间，在墙头，悄然升起。月是新的，一如水洗。

吃月饼每年只一次，金黄的酥面皮，细碎的芝麻，嚼出沙沙声，都是美好的。更美好的是红纸盒凸印嫦娥飞天的画面，衣袂飘飘，上空一轮金黄的圆月，让人生出些许联想，还有飘飘欲仙的快意。小心翼翼剪下嫦娥，贴在镜子旁。梳头洗脸，顾影自盼之余与嫦娥眉目传情，牵连起瓜田岁月的美意。

纸上嫦娥不老。有年回乡在老屋与她相逢，二十几年时光，我已面目全非，早脱了少相，她还是当初模样。快三十年了，我再没吃过那种月饼，

八月

仿佛消失了一般，市面未见。并非惦记那种味道，而是怀念过往的日子，怀念漆红桌子上那块切开的月饼辰光。

乡俗说："七月半，毛楂红一半；八月中，毛楂红彤彤。"乡俗还说："七月毛桃八月炸，九月毛栗笑哈哈。"毛桃孱弱，颇酸。八月炸极甜，奈何一嘴籽。毛楂红了，密匝匝一树，一颗颗摘下，放得满满一草帽，忍不住踏歌而行。不必清洗，丢一颗毛楂到嘴中，酸酸甜甜，一阵快活。有一种粉团团的毛楂，不见丝毫酸味。路过树林，秋风吹开了栗斗，毛栗落在地上，通体透红，很惹眼很诱人。栗子生吃或者焖炒，或用来烧肉，无一不是美味。

水稻熟了，将田水放干，晒几天，开始秋收。女人割稻，男人脱粒，一把稻子在戽箱周围扬击，砰一声，抖落稻谷，又砰一声，再抖落稻谷，扬击三四下，方才扔掉手上的稻草。天空更蓝了，悠远，深邃，深情。天空下，一田枯草垛。找个晴天将稻草挑回去，有牛的人家要搭新草棚，让牛过冬。

草棚像把巨伞，戳在路口。牛系在中间的树桩上，不时抬头吃口草，嚼几下，神态安详从容，似乎还有些笑意。路过的人扭头看着，它理也不理，静静卧着闭目养神，或者站着摇摇尾巴，无欲无求，自在从容。

稻谷进仓，黄豆熟了，早上趁露水未干，连根拔起，先在打谷场上晒两天，然后连枷起落如浪，豆粒飞溅似金雨。赤膊的人，经过一夏，晒成了酱紫，汗珠子豆粒般大，一滴滴滚烫摔在地上，热得能化作白烟。

天渐渐凉了，早晚尤甚。桂树落满星星，细碎的黄花敛声静气，在枝丫间结成芬芳，从树梢飘下来，漫过老井漫过墙角。秋风渐老，日头斜照时，桂花落下，一地冷香。夜半推窗，月华与桂魄撞个

八月

满怀，凉露沾衣，桂香也沾衣。

老人在廊下消遣闲话，几个男孩地上翻滚游戏，弄得棉袄一身灰。上人见了总要骂，说恁个皮子，不知道当之好衣服。上前提起后领，拍拍他身上的灰尘，拽回屋子。不多时，那男孩又探头探脑出来，兀自跌坐土堆上游戏，一脸顽劣。花猫歪在草垛里，黄狗躺在空地上，几只鸡点头啄食不休。有鸡横蛮，想吃独食，猛地啄向旁边的同伴，吓得它们惊慌失措，四散开来。

黄昏蝙蝠低飞，鸣虫乱叫，声嘶力竭，像是呐喊。山风吹过，几个人在庭院吃饭，碗头横着几根咸豆角，一点辣椒酱，几盘菜蔬冒着热气。老奶奶抱着一捆柴火，踢踏走进灶底下。灶火温煦，添柴把火的人，脸色红彤彤的，额腮微微出了些汗。

天气凉了，北雁先发，九月天空开始亮起翱翔的影迹，时不时传来几声长吟。它们从遥远的戈壁草原飞来，又清瘦又飘逸，一行行朝更南的地方迁徙。

在山间放牛，头枕着手，躺在草地上，凝视着那些鸟，双眼跟随它们在天际翱游，心中浊气飞向了峰顶飞向了云空，人心旷神怡。

收割后的田野空荡荡的，稻草人站在田间地头，嶙峋得只剩一截木桩，草帽破破烂烂，衣服破破烂烂，风刮起，片巾乱舞，像吹开一束布带。河道干瘦了些许，河堤似乎多了阴郁。河潭声响更大，远远听见河水激过石头的声音，轻畅地伴随黄昏，

九月

流进黑夜，无有疲倦。

风多了，没日没夜刮，人说是松毛风，松针乱舞，落得漫山遍野厚厚一层。女人提着竹耙，一耙又一耙在山中耙松针，捆成团，回来当做饭的柴火。松针金黄，一垛垛靠屋檐码放着，那里一时又成了猫狗领地，也有鸡鸭跑去坐窝下蛋。

稻田大多已经收割，梯田和平畈空旷了一些，满田稻草把，像巨大的蘑菇。鸡鸭鹅纷纷在田里寻觅散落的稻谷，麻雀来了，野鸡来了。鸡鸭鹅吃得累了饱了，随意找个草把睡下。床垫下的陈年稻草换新，厚墩墩一层，再铺褥子，睡上去闻得见稻草气息，又踏实又温暖。夜色安静，风从竹林和松林中穿过，又肃穆又凄厉，好像夹杂了尖锐的呼啸，听得人回肠荡气、暗暗伤怀。河沟溪流越发澄澈，蜿蜒着一路不息，流入深潭，泛起水花，再一次往下，奔向江海。

蟹肥菊花黄，秋深风味，又是一年重阳，这天早上总要打糍粑。

小时候每见家里人打糍粑，知道又是一年九月九。老人眼里，过节是人情也是物理，打了糍粑才有重阳味。贫寒日子，端午不吃粽子，中秋没有月饼，但逢重阳，都会打糍粑。原以为是敬老的缘故，后来才知旧俗向来如此，我乡掌管六畜的地方神高老爷是九月初九生辰。牛耕田，马负重，羊上祭，鸡司晨报晓，狗守夜防盗，猪宴飨宾客，六畜兴旺然后五谷丰登，方有家运昌盛。

糯米泡一夜，天明放锅里蒸，火要大，灶台塞满枞树段。干柴烈火，米香肆意屋子。木桶刷洗一新，放上蒸熟的糯米，平常用来抬重的杠子洗净，蘸水打糍粑。打糍粑耗时费劲，出力多成绩薄，常常两三人轮换，使劲将糯米捣烂碾成粉团。糯米极有糍性，与杠头黏合一起，提椿费力。我等小儿，

九月

年幼体弱，想尝试一下，捣五六下，胳膊就发酸了。

糍粑打好，摊放竹筐里，以手抻平，切成豆腐块大小，端端正正。第一块糍粑奉敬管六畜的高老爷，主妇将糍粑堆在海碗，嘴里念念有词，无非请神享用，今后保佑家里的鸡鸭鹅猪马羊平安旺相。

吃糍粑不需要酒菜，空口即可，蘸芝麻盐最好，格外香。将芝麻碾碎加盐，是为芝麻盐，拌米饭亦可，颇有焦香味。村人称其为芝麻盐子，小时候每每听成了芝麻胭脂，回忆起来有一段桃花颜色，脑际飘来片片绯红。

读来的故事，说吴地好食用芝麻茶点，有小贩以零残《资治通鉴》包装，一人频买茶点，看过几张残页，冒充斯文，好谈诗书，语常不继。人问他，只好说：我家包芝麻饼的《通鉴》上只写了这么多。古人当他是笑话，我却以为此人痴玩可亲，天生读书种子，憨态烂漫。可惜他家贫无书可读，只能捡拾几张字纸，存个斯文意思。倘或那样的人物生在富贵家，说不定就会满腹经纶。

刚打的糍粑味道最好，散发着热气，丝丝袅袅。

天气颇有些凉了，一场场秋雨，雨丝缠绵，糍粑也缠绵，香甜软糯粉嫩，一阵阵清香。隔夜糍粑，可搭嘴作零食。用来当正餐也好，切成大小均匀的薄片，投锅里煮开，加些红糖，撒点桂花，软滑不粘牙，有汤粉滋味。

糍粑可以蘸糖，也能烘烤，烤至轻微焦黄，咬一口，糯叽叽的。人走在满山红枫的光影里，烤糍粑的味道回旋唇齿。有一年在浙江古村，见红糖糍粑，切成小块，入油锅半煎半炸，撒有糖桂花，糖浆浓稠，糍粑细软，油润甘滑，在巷子里回味良久。

糍粑久存不坏，唯怕干裂，多放大缸以冷水浸泡，吃时捞出，可蒸，可炒，可煮，清香如新。尤喜欢用菜籽油煎炸而食，两面金黄出锅，撒少许白糖，外松脆而里糍软，有植物清香，百吃不厌。

母亲将糍粑切成丁，和蔬菜炒在一起，青绿丰润，散落星星点点白玉。有人说糍粑似雪，实在少了雪之白；有人说糍粑如玉，并没有美玉的温润；有人说糍粑像水晶，更不像水晶剔透；我觉得糍粑近乎秋夜满月，白润清亮的一块，蘸芝麻盐后，越发有皓月的色泽。

邻居家打糍粑，照例会送来几块，人未到门前，香气已从门缝钻了进来。窗外夜色蒙蒙，河流声格外响亮，山脉却安静了。夜风一吹，带来秋山气息。

白天秋阳里焦黄干枯的野草在月光下竟然容光焕发，那些闪烁在耳畔的虫鸣倏然变得神秘悠长。月亮不知道什么时候被一朵浮云挡住了，泻出细碎光影，幽静祥和。人在月光下，恍惚觉得自己像五岳散仙，飘飘欲飞，几乎忘记了自家还在尘世里。

大清早就能听见深山砍柴的声音，咔嚓咔嚓，嚓嚓嚓嚓。人惜物，不舍得砍倒整棵的树，只用柴刀砍下离地最近的松枝或者灌木。柴木用藤捆起来，扛在肩头，后梢一颤一颤，扫过山路的野草。柴刀收在刀夹里，刀夹拴在背上或者挂在腰间。

山里处处红叶，有枫树之红、梓树之红、栾树之红……像红宝石镶嵌在翡翠山中，随风乱舞。风里有淡淡寒意了，偶有叶子落下，落在厚厚的松针上。夕阳近山，峰峦如黛，雁阵如剪刀掠过头顶，天空被裁成两半，一半斜阳，一半薄暮。归家的小童发髻插一枝野菊，远远走过来，风里一阵香。

菊花绽放，像缩小了的向日葵，在田坝，在山峦，在篱笆，在土墙，一簇簇，一丛丛，暗香袭人，带着丝丝缕缕的淡淡药气，给贫寒的秋色增添了几许明亮。最妙的是清晨，起床后，远山弥罩在淡淡的薄雾中，太阳升起来，雾气散了，变成一抹若有若无的白纱围在山腰上。山显得清癯了，像个老人神秘地横躺在温暖的光照下。

　　陆续将过冬红薯埋地窖当来年的种子，剩余的洗净绞碎成渣，加水搅拌，以麻布过滤，再放太阳底下晒成红薯粉。乡民称为洗粉。粉洗好后，就可以做红薯卷子。开水拌红薯粉，揉团，做成薄饼，再切成小块。鲜猪肉切成长丁，下锅烧熟，放红薯粉块。少年时候吃过不少，记忆里口感黏而不稠、油而不腻。

初冬十月，芒草萎黄，风吹雨打，还剩一簇芒花在冷风里摇摆，说不出的恓惶。板栗树空荡荡的，一地残叶散陈七八个栗斗，外壳软塌下去，到底还剩几分峥嵘。芭蕉落尽绿意，只剩腰身，如干瘪的老树桩。

天气冷冽，风一阵冷似一阵，雨一场寒似一场。密集飞扬的冷雨，有雪意，雨再小，也不敢敞头淋，风寒猛于虎，身子骨挡不住。风过霜降，万物萧瑟，白菜萝卜依然绿油油长着。

清早，牵牛出栏饮水。阳光照不到的地方，霜色朦胧，牛蹄踩出脚印。牛饮水时，翠鸟站在它头角四处张望，一少年站立一旁，看早醒的鱼虾。太阳越过山尖，洗去些许灰暗。村庄万物清肃，茶树开着三五朵白花，油菜嫩嫩的，刚出土，小麦半指长，有人给地喂肥，丢下一把把草木灰。

长梗白菜砍倒了，洗干净，倒挂晾衣绳子上晒个半干，趁天晴，切成菜末做咸菜。半干的白菜末摊放在竹铺里，青气汹涌。咸菜用来煨豆腐，一家人围炉而坐，一道菜，却也吃得出满堂锦绣满堂富贵，平人浩荡不输王侯之家，安平顺遂的日子自有一番和美。

萝卜切成片，放点辣椒粉，炖得烂烂的。比萝卜更烂的是烂豆。烂豆即豆豉，用黄豆做成。黄豆焖熟，发霉发酵，再以瓦坛储存。乡下喜欢将豆豉拌以细盐、姜末、猪油、辣椒粉，饭锅上蒸熟，味极特别。

时令深了，雨水少了，池塘浅了，后坝山溪干涸很久，水沟都是枯黄的野草。起了一阵乌云，从西山尖上压过来，终究没变成雨。稻谷入仓，作别农忙，人并不心焦。

早晨，树叶草尖凝有露水，空气还是湿润的。村前河渠润朗起来，浅浅流过鹅卵石，也流过野芹流过菖蒲。一阵寒意从林中袭来，河面清瘦了几许，水更浅了，幽幽流在平坦的河床中。堤边草皮泛黄，走在上面，软软的，带着韧劲，像山里人一样，淳朴秉性中带着坚强。

傍晚，日头跌进西山豁口，染红半个村落。归巢的麻雀在晾衣竿上挤作一团，叽喳声里掺着炊烟。有人倚门唤子，尾音拖得长，在山嘴拐弯处打个结，又被晚风解开了，消失在原野。

农闲了，村里几个老人碰到一起，准备做一场平安会，跳五猖祈福。

跳五猖是在古代神灵出巡、祭祀的基础上衍变而来，颇有目连遗风。先辈云：这五位猖神原系北方响马强盗，穷苦出身，在江湖上劫富济贫，行侠仗义，遭官府追捕缉拿，逃至大别山中躲避官兵，受观音大士点化，成为猖神。封神之后，他们继续游荡凡间，为世人驱除妖魔鬼怪，保护地方平安。乡人为纪念五位豪杰，修建了五猖庙，得闲举行庙会，四乡百姓云集烧香，祈求五猖消凶化吉。

浒村五猖庙会之盛况，外乡鲜能企及。

做庙会前，先由五人穿神袍，画上大花脸，服饰以蓝、红、白、黑、黄五色相配，其意分别代表东南西北中五方天帝，又暗合木火金水土五行。每人分执刀剑鞭锤叉器械，做猖神扮相，并列站齐，先由道士念经，手舞足蹈作一番法，说是请来仙气。这时捉只公鸡，取鸡冠血滴酒杯，五人轮番就饮，乃是歃血为盟。到此时，仙气已入体内，这五人已非凡夫俗子，而是赋有驱鬼祛邪之能的猖神。

五猖有名字，开胸剖肚、推山填海、提壶斟酒、捉鹰拿鹞、望风放哨。五猖先出场巡视，随后朝拜四方、布列方阵、踩碎步、跑穿插，展臂抬腿，前倾后仰，跑圆场。舞蹈动作粗犷狂放，配以浑厚凝重的大锣大鼓大喇叭，气氛热烈，人团团围观，里外不知几层。

正式起猖了，五猖拿着武器，在全村巡游驱赶妖魔鬼怪，挨家挨户一一到过。出巡时间定在上午，五猖中掺入甲长、抓鸡婆、土地。另有一无常，素衣高冠，冠为白纸做成，一尺多高，穿草鞋持破芭蕉扇，装扮极其不堪，狼狈落魄，游离村口，乃是说猖神一到，一切恶鬼吓得避开。无常装扮奇异，着实让人忍俊不禁，百姓之诙谐于此可见。

五猖出巡，不得与生人说话，至村民屋内，人人回避，只在房间内放瓜果之类以飨神祇，由甲长拿走装进麻袋，庙会执事派人在路口专门接送，散会时作为装扮五猖者的酬劳。

浒村虽然不大，但高低起伏，人家散落各处，一直到天黑透时，五猖才能巡视完毕回到庙里，协同道士做平安法事，为全村人祈福。我曾装扮过一次猖神，全村家家户户跑到，有上百里的路程，还要手执兵器，后半夜方才卸妆落得歇息。

天一明，寻块空地做秒猖法事。先是清谈，让道士给各路妖魔鬼怪训话，告诫它们不能妄为，言语杂以笑料，不时引得周遭观众声声笑语。最后扎罐，虚空抓几把，说是擒拿了鬼怪，作状塞进瓦罐，画符一道，封在罐口，永镇地下。于是道士欢唱山歌娱乐四众，以示庆祝，俚语小调一出，笑倒全场。

笑罢之后，举行开方仪式。到此时，庙会已近尾声。道士再次出场，这回换上了一件破旧的长袍，手执两根竹筒，竹筒前端用香油浸泡的黄表纸呼呼燃起火苗，四周观众拿着爆竹点燃后扔过去，他躲闪着用火把或攻或守。道士被爆竹炸得上蹿下跳，观众也被火把逼得慌慌张张。曾经有一次，道士的衬衣被炸穿了好几个窟窿，浑身硝磺味，几个观众的脸颊也被火把扫过，燎起水泡。双方大约激战半个时辰，闹到筋疲力尽方止。据云只有如此，全村邪气方能一扫而尽。

道士到庙里，再来场回神法事，将五位猖神及诸位神官的仙气送回天宫。一时间，爆竹齐响，锣鼓皆鸣。至此，五猖庙会毕矣。事后有专人将五猖塑身送到庙里。说是庙，实则不过矮矮小小几尺围的一间瓦屋。

五猖庙在我家对门，山以此得名，被称为五猖包。山极矮，也不秀丽，杂草丛生，人迹罕至。五猖用楠木雕成，面容并不和善，威风凛凛，和我后来见到的北魏佛造像有些近似，据说是宋元物件。大概寂寞太久，冷落太久，一个月黑风高夜，五位猖神结伴下山而去，未曾与任何村民辞别，就此浪迹天涯，飘零江湖，无人知其踪迹。

神像走失不归，乡民懊恼不已，族中几个老人又沮丧又愤怒，捶胸顿足，说兆头不好，今年大凶，今年大凶啊。好像那年和去年前年以及未来几年都一样，浒村并不见太多异样，未尝富贵，也没有凶险。后来，庙会几个领头管事佬重新立木为像，请人做了五猖放在庙里。人说不见老相，和往日的五猖差远了。慢慢地，五猖庙会也不大办了。

几次回家经过五猖包，树更大了，山路荒草蔓延，遥遥看着山顶的五猖庙。印象中，我只去过一次，门前小路不过一尺宽，长满了芭茅。那时候，几尊老的五猖神像还在，只是我不敢多看它们。

和秋山相比，十一月的峰峦沟涧坡冈消瘦了些许，多了点苍茫。山是枯的，白的，灰的，青的，绿的，黄的，暗淡的，阴沉沉灰寂寂。松林茂密，依稀夏日颜色，山上铺满了金黄色的松针，人走过，软软的，悄无声息。乔木深处，微微晃动，不知道是黄鼠狼还是松鼠，一晃而过。伐木的人，刀斧砍在树上发出丁丁的声音，传得很远。

清早起床，呵口热气，一根淡淡的烟柱伸得长长的。窗外，天空阴沉，笼罩着浓浓雾霭。晓寒从窗隙从门缝挤进来，冷箭一样射在肌肤上。女人老人格外怕冷，一入冬就成天拎着暖炉，还在炉板夹上铁丝做的拌火杆，不时抽出来搅拌着炉火。

小时候冷极时，母亲无论如何要在我脚下塞上一把暖炉，起先并不习惯，久而久之，倒也喜欢那种恰到好处的敦厚的温暖。孩子们早早就穿上了暖鞋，厚厚的布底，鞋帮塞满了棉花，穿在脚上鼓囊囊的。

村里人的冬日一天，以暖炉开始，以炭灰结束。老人穿得厚厚的，还是嫌冷，胯下总带着暖炉。炉火不旺时，就去灶下袋子里铲半锹木炭放在陶钵里。

农事告竣，得几天闲工夫，男人用竹枝拂拭灰尘，楼阁墙角，上上下下清理一遍，打扫得干干净净，房前屋后的杂草也拔掉了。再用笤帚沾石灰水，将斑驳的墙壁刷白，窗户用薄薄的白纸糊上，爽朗洁净，温馨柔和。就着微亮的天光，女人在窗前缝缝补补，纳鞋底，织毛衣，孩子在一旁看着，烘着炉火，听鬼狐神仙故事，听古灵精怪笑话。春天的红鲫鱼，夏天的玻璃球，秋天的纸飞机都飘远了，只有两个乖乖的小人儿依偎在母亲身旁。

田野北风大作，窗纸哗哗作响，穿着布鞋坐在暖炉上。炉钵埋有毛栗，不多时，只听得嘣一声，栗子裂开了坚硬的外壳，露出粉扑扑的栗肉，孩子吃一颗，老人吃一颗……屋子里暖暖的，茶杯冒着热气。普通的粗茶，味苦而香，茶汤绛红色如残阳夕照。茶多用搪瓷杯泡着，也或许是玻璃杯，杯底茶叶头面并不齐整，只是蓬松，只是自然，却有世俗人家的真实。

晚上睡觉，将暖炉放入冰冷的被窝烘烤片刻，人方才钻进去，裹着暖洋洋的褥子，周身有炉火的温煦，说不出的舒坦。怕冷的孩子上学堂也带着暖炉，书包放有馒头片，下课后，一片片放在炉子里烘烤，烤至焦黄酥脆，香气诱人，引得众人好生羡慕。

更冷时，老人索性挪空灶下，在屋子里生个火堆，大火燎燎，映着屋子红彤彤的，一家人围火闲话。外面大雪飘飘，寒风呼啸，小屋里扎堆烤火，吃花生米，嗑南瓜子，别有一番情致。

站桶洗干净，在太阳下晒两天，小孩站在里面自在玩耍。站桶木制，一米多高，倒圆锥形，下有隔层，天冷时候，放上火炉钵，孩子在里面通身俱暖。老人笼起手，双脚放在火炉边，靠屋檐打盹，竹杖丢在一旁，烟筒却须臾不能离手。有小孩路过，见老人动也不动，问是不是死了，烟斗顿时喷出一股烟来，跟着几声咳嗽，老人笑骂道：你个小砍头的，真讲不来话。

寒冬时节，大人只在室内烤火取暖，孩童们并不怕冷，手指冻得像洋姜，也不以为意。只要是晴天，依然喜欢在稻床上游戏，捉迷藏、打陀螺、踢毽子。用布片裹住一枚铜钱，布头从铜钱中孔翻上来，拿鸡毛穿在钱孔中，用线扎好，毽子即成。铜钱大如牛眼，多是康熙通宝或者乾隆通宝。

浒村不少八九岁小儿，玩得毽子如花，手舞足蹈，团转相击，随高就低，总落不到地上，就像天然生在脚上。有人围观时，总忍不住逞能炫技，将毽子高高踢过人头顶，自己轻巧巧跑过去接住，常常引得人喝彩。

终于下雪了，先起雪粒子，跟着飘出雪花。傍晚雪更大，滚滚而来，风也大，刮得雪片横飞。两三个人围着火盆说话、喝茶，天虽然很暗了，农家人节俭，舍不得点灯。雪光透过窗户，映照得四壁朦胧，说话声和厨房碗筷锅铲的声音交织在一起。这时节，雪地里走路的人都低着头，身子前倾，睫毛上都是雪。

雪粒子扑向窗纸，声音像蚕食桑叶，风削过瓦楞，发出呜呜的声响。灶间柴火堆旁，猫蜷成一团，毛皮和灰烬融为一体。灶火烧得正旺，松柴噼啪爆出火星，火光映在灶墙上，忽明忽暗。有人在烤红薯，焦香混着炭气，萦绕鼻底。吊锅炖着咸肉萝卜，白气顺着房梁游走。椽木早就熏黑了，年画越来越旧，也不知道贴在墙壁多少年了。一只肥大的老鼠在墙脚探头探脑，人佯装不知，悄悄取过空酒瓶，猛地砸过去，那物慌忙缩回身子，到底还是慢了，一时头破血流，抽搐几下身子，直挺挺横在那里动弹不得。

雪悠悠扬扬，从高高的天上飘落，屋脊、柴垛、田埂，全裹了层棉絮。河沿结了冰，水极浅，石头垒成的漫步冻得似乎僵在那里。空地上，几个心急的孩童呵着白气堆雪人，叽叽喳喳的话被风吹散，散成满天碎雪。

雪静静下着，越下越厚，白了山尖，白了树梢，白了屋顶，白了伞面，也白了人的头发，门前晾衣绳子上也毛茸茸覆一层厚厚的雪。乡村白茫茫，如无人之境，听不到半点声音，雪夜里，更有凛冽气息。雪白，月光也白，长空如洗，圆圆一轮明月将雪地映得大亮。屋后小河潭的石壁两侧冻住了，凝冰发出晶光。天一晴，晶光越发灿烂。

天明起床，一脚下去，积雪吞没足背。有孩子故意倒在雪地上，印个四仰八叉的人形。农舍睡在白雪下，炊烟孤单袅起来。梅花瓣落满雪，白梅更白，红梅积雪如胭脂如鸡血石，黄梅像琥珀。小儿穿着红棉袄在树底下玩冰溜儿，菜地有人拔萝卜、青菜，霜落在菜叶上，等着阳光融化。

大雪封山，后山的黄鼠狼、野猫、豺狼，大概饿狠了，下山觅食，闪电一般蹿至庭院，叼起一只鸡转身急忙跃出，见一株猫儿刺，当即钻进去，一溜烟跑走了。过几日，有人上山砍柴，一棵树下一地鸡毛，少不得顿足，低声骂几句，恁个畜生，恁个短命鬼的……

偶尔野兽来犯，撞人手里，有人眼疾手快，从地上抓起石头，用力掷去，石头犹似流星，急射而至，追上它，狠狠打在脊背上，但听得昂昂两声干叫，那货松开利齿，径自逃走了。只是可怜鸡鸭早已倒地气绝身亡，脖颈汩汩冒出一团污血。人又气又喜，上前倒提了鸡脚鸭脚，扔在门框前，让女人烧开水拔毛，洗净了瓦罐，放姜块清炖。

圈里养了一年的猪又大又肥，哼唧唧吃食，稍稍走动，满身肥肉乱颤，农妇一脸欣然看着。腊月正月泔水油足，正好能给猪长膘，有人家开始捉小猪崽了。寻个好日子杀年猪，扛来木桶，几个人走向猪圈，只听得一阵长嚎，猪已经在装满开水的大木桶中来回滚泡着，屠户以铁刮子褪毛，黑毛一点点落尽，少顷光溜溜的，白花花的肉璞玉一般。须臾，猪肉倒挂在梯子上，猪头在案板上耷拉双耳，咧开阔嘴，竟然有笑眯眯的神情，好像是解脱了一般，祖父说猪经历一劫，又去投胎了。猪肉割成块，一条条挂在厨房墙壁上，猪肝、猪心肺、猪腰子也挂在那里。

临近腊月，一天天总听见人家杀猪，窗外零星响起鞭炮，那是祭奠高老爷，祈愿六畜兴旺，祈愿猪早日托生为人。前些年我才知道，高老爷是地方名士，贤达四里八乡，大名潮海，乾隆年人，生时为兽医，技艺精湛，给穷苦人家诊治牲畜常常分文不取，有时还加以接济，造福一方。人尊称他高老爷，死后乡下立有土庙，供奉有塑像，立有牌位，香火不绝。

杀猪那天，总会请亲友邻居专门吃顿杀猪饭。满满一桌子油荤，肉切大块。众人围坐一圈，打开白酒，一番谦让，筷子开始动了。小饮微醺，一桌子两大碗肉，吃得干干净净，肉汤用来淘饭，人人饱腹。

饭毕，客人三三两两辞别回去。主家开始腌猪肉，水缸洗刷干净，一层肉一层盐，放进大缸里，买来的大鱼索性一并腌好。过几天把肉拿到太阳底下一晒，切成一段段做成腊肉，放入干咸菜里，过年待客，滋润日常，可以吃到第二年冬天。

货郎摇着拨浪鼓来了，咚一声响，又一声响，听得孩子心里晃悠悠荡漾，货郎担子也晃悠悠荡漾。女人上前买点小东小西，无非洋红洋绿、针头线脑、头巾首饰。炸爆米花的也来了，满面尘灰，东家提五升糯米，西户背两斗玉米，砰一声响，又砰一声响。

早晨总有雾，茫茫如浓烟弥漫。村头井口，热气蒸腾，摸摸那水，还有一丝暖意，不像河水刺骨。日色从容了，人的步履也从容了。天黑得早，好像刚刚才吃过午饭，转眼太阳已经隐隐西垂，天空昏昏欲睡。天色和人心一样，只想早早进入腊月，早早过年。

人要过年了，牛也要过年了。冬至这一天，去牛栏送上十来个玉米粑、南瓜饼，给牛养冬膘。

十二月腊八，这天外埠人会吃饺子，喝杂粮做成的腊八粥，有红豆绿豆黑豆白豆麦仁苞谷小米山药……中原农民还将腊八粥泼洒在门前、篱笆、柴垛上，祭祀五谷之神，浒村人依旧过着萝卜青菜的素淡日子。

　　腊八之后，心里似乎多了喜气，也多些闲情。心急的人，开始往家里搬年货。油盐酱醋烟酒糖茶，还有各类干果点心。那些旧了残了的碗筷收起来，替换成新的。有人家在蒸酒，酒香飘逸，醉了庭院。风吹过屋旁的樟树，树叶悠悠荡荡，也有三分醉意。

　　回乡车子开始多了，远远驶过来，微小如一黑点，像苍蝇般左右不定。黑点渐渐浓了，一点点大起来，轰隆而至。行李由家人扛着，回家的人空着手，跟在后面，与相识的人致礼问好，一路向家门走去。

田间不时有孩童出没，拎个竹篮挖荠菜。挂面上架了，像瀑布，一架又一架。

果真是腊月，腊肉、咸鱼取出来挂在屋檐楼阁或者晾衣竿上。阳光下，肥肉冒油，锃亮富贵。晒太阳的人总要在檐下椅子上坐到日上三竿，坐到晌午。天气真好，清亮亮的光照着菜地照着田野。泡桐叶落树空，孩子家以为树已经枯死了，拿指甲刮一下，飘逸出一股生青气。

夜里炒干果，铁砂与瓜子、花生交织的气味汹涌如春溪涨水，在池塘上方滚滚而来，在小路横冲直撞。走家串户，每个窗户都飘荡出炒干货的香气。月亮似乎蒙上了霜色，夜空深邃，瓦屋旁竹子在小风里婆娑。

圆月照着乡村腊月的夜，空旷，浑茫，又冷又亮。

楼阁上取下黄豆，浸泡了准备打豆腐。磨浆、点卤、入包，黄色的汁水从纱布缝隙流下来，木盆接住，海海一汪浆水。用锅盖压住豆腐包，放砖石压上半天，豆腐就做好了，切成大块放入水桶里存着。又将豆腐切长条或方墩，放入油锅炸成生腐。生腐膨胀松软金黄，用线穿起来挂在厨房墙壁上，累累坠坠，晃悠悠的，引得人忍不住摘下一个纳入口中。

天越来越冷，房门终日紧闭，窗户也紧闭着。做饭时，推窗泼水，风趁机挤屋内，灯晃了晃，墙上的影子也晃了晃。老人缩在椅子上，棉袍袖口露出半截烟杆，烟锅忽明忽暗，映得皱纹格外深。纳鞋底的妇人，将针尖在发髻上抿了又抿，麻线穿过千层布，嗤啦，嗤啦，扯出一寸又一寸光阴。鞋底一年年大了长了，孩子也大了长了。

转眼小年，吃过早饭，拎起香火篮，去山里上坟祭祖，给先人送鱼肉送点心送水果送茶酒烧纸钱放鞭炮，报一岁平安，求来年吉利，邀请先人回家过年。接了祖宗回来，堂轩灵位前，一日三餐送上饮食，不能让祖宗饿肚子。

上坟，走过铺满落叶的路，穿过田埂穿过山坳，鞭炮声里有种寂寥。静静地看纸燃起来，渐渐成灰，有些失落，也有一种生气。眼看着荒草萋萋，眼看着石碑冰冷，仿佛去年、前年、大前年，也像是十年前、二十年前、三十年前……三十年前祖父带一家子提着香火篮，去曾祖、高祖坟地，去曾祖母、高祖母坟地……如今祖父也已经睡进了坟地，无论再伟大，再见多识广，死后也只能永居一处，从此融入野地，化作泥土。大彻大悟和混沌不开，慷慨激昂与锱铢必较，王霸雄图或者引车卖浆，都是过眼云烟。冬阳照耀，山雀飞过，一只，两只，三只，平添伤感，又增了几缕野趣。

满山茅草在太阳下摇曳，背布袋的少年扛着锄头在竹林挖冬笋。冬笋长在连片竹林里，竹子呈墨绿色，枝繁叶茂，枝叶倒向处，冬笋深埋在地下，不动声色。铲去泥土，不多时即见猪脚大小、状如犬牙的近半尺长的冬笋。冬笋鲜美脆嫩，切薄片炒腊肉、炖鸡，是寒冬腊月的春意。

磨坊开始忙了。玉米、大豆、大米、高粱，磨眼像贪得无厌的巨兽，来者不拒。人推着石磨，不知疲倦一圈圈碾过，细细的粉就从石磨横缝里噗噗落下。

磨坊不歇，烟囱不歇，厨房烟气蒸腾，熬糖稀、打年糕、卤肉、蒸米粑……白米粑摊在竹箩里，挤在一起，一团团富贵。洋红洋绿在茶碗里化开，米粑凉时，取筷子蘸上洋红点出一圈红，中间一点绿。或者用苘麻果在米粑上点出小花。苘麻果，形如齿轮，村野四处可见，可入药，清热利湿，村人只是用它点洋红。有孩子将额头点红，拿出门口的宝剑，跳跃着出门，几个筋斗，说是二郎神附体。

石臼捣碾芝麻，咯吱有声，一缕幽香飘向屋顶。灶下柴火熊熊，堆在屋檐下的柴火矮了半截又矮了半截。锯好的枞树段一堆堆，树轮对外，一圈圈一圈圈。穿短襟灰袄的庄稼汉劈柴，手起斧落，一分为二。劈好的柴码在墙角，长了半截又长了半截。年味一天天浓起来了，顽劣的孩子等不及了，拆了零碎的鞭炮，以香火点着，扔向水里，扔向天空，惊得人耳膜一颤。

腊月二十七，一定要烧满满一锅热水洗年澡，谚语说："二十七洗旧疾，二十八洗邋遢，二十九洗小狗。"三十日过大年，年夜不洗澡，寓意留住财富。

擅书的人终日居家写春联，作福字。红纸黑字，摊放满满一屋子，院子里也放着春联，墨香淡淡的，从里屋溢出窗外。堂轩的中堂墨色淡了，纸也残损了，又买来大幅的红纸写上"天地國親師"五个大字，横批是"紫微高照"，墨要浓，字要大——天字两横要平，寓意上天公平；地字要宽阔，寓意国土辽阔；國字要全封闭，意为国门不能洞开；親字的見旁，目字不能全封，表示长辈时刻注视着子孙；師字要略去第一撇，因为师者方正。旁书：东厨司命，历代祖先。左右是家族对联。

浒村五大姓族，胡秦刘崔方，家家户户都要写中堂。胡氏写"苏湖世泽源流远，安定家声日月长"；秦氏写"三贤世泽源流远，万担家声日月长"；刘氏写"彭城世泽传千古，汉室家声振万年"；崔氏写"床堆象笏兴宁里，名卜金瓯宰相家"；方氏写"鄱阳世泽源流远，河间家声日月长"。此外还有高家，写的是"皖水洋洋源归渤海，泰山岌岌支发潜阳"。寥寥几字联语追踪溯源，写尽一个家族的迁徙兴旺。

贴好春联，灯笼挂起来，红烛高照。堂轩杂物清理一空，香案打扫干净。老人带一家男女祭祖，在祖宗牌位前祈福许愿，新妇挈新儿，孩子家早早换过新衣服，跪在地上，刚起身，就有大人上去拍掉他膝盖前的土灰。厨房，年夜饭的香气远远扑过来。过年了，寒冬即将离开，人依偎炉前，炭火映得脸红红的，窗外焰火更红。家家鸣炮，声响如雷，烟花四放，一村灯光明亮。

男女老少皆带着笑意，偶尔女人脸颊也染得几分陶然春色，男人笑意之余又多些醉态，一脸酡红。人人见面都高声招呼，说新年发财呀，好，发大财。打灯笼的孩子们走出家门，穿过夹弄。

在除夕风中走着，走过人家对联，堂轩前是大吉的好句子，"家旺人旺财旺运气旺，利多财多福多喜事多"，门楣横批"万事如意"四个字。屋内还有贪杯的，两三个东倒西歪在板凳头。菜有些凉了，索性一股脑倒进铜锅，炭火不时赤红地燎一下又燎一下，锅里咕嘟咕嘟冒泡。邻居路过，屋里人带着醉意大吼一声：

过来噢，坐下嘛，来杯酒啊。

刚端了半斤呢。

我家酒不一样，来来来。

那人拗不过，却只在下头陪着，将身子钉在板凳上，任凭主家如何殷勤劝席，拉不动分毫。坐不多时，屋子里笑声更大了。女人家从厨房里端出洗好的白菜，让他们烫了下酒，又盛来半筲箕热饭。

吃完饭，要去长辈家辞年，坐一会儿，聊聊天，喝口茶。族中未出五服的人家要一一走到。孩子们见了老人跪下叩首请安，说纳福，老人慌忙扶起来，拿了糖果塞进孩子衣袋。

村野人家，到处是簇新的灯笼，红彤彤照着，照得庭院亮堂堂，照得人满面红光。辞年人陆续归来，关起门，又忍不住去窗口看灯火，但见夜色如水，人间辉煌。祖父过来抬头看看，说火焰高，明年浒村要发旺了。守夜的众人起身出门，拨开木闩，只见天上繁星闪闪，银河透亮，几丈荧光高高横挂天空，夜气清凉，几声炮仗破空零星而来，晚风缓缓吹起，脸颊轻轻拂过淡淡暖意。

二〇二四年九月五日，合肥

初刊《人民文学》二〇二四年十二期

后记

　　一转眼，离乡快三十年。纸窗瓦屋，竹木婆娑，清泉涓涓的少年光景挥之不去。老杜诗里的场景让人又怀念又享受：两个黄鹂鸣翠柳，一行白鹭上青天。

　　昨日泛黄的流水隐身苍茫遁迹迷雾，多少往事永存记忆。回不去了，人回不去，风物也回不去。几十年文字生涯，片言只语的梦，投影纸上，留下几缕"草长莺飞二月天，拂堤杨柳醉春烟"的山野清气。

　　生在浒村，长在浒村，前后十四年。此后，离乡别去，一只沟沟岔岔里的蝼蚁，怀抱大象的梦，怀抱狮虎豺豹的梦，末了也仅仅把自己活成了一只小鸟一棵小草。一只鸟一棵草，带着清晨的露水，带着正午的阳光，带着黄昏的天色……

山河岁月，蓦然依稀。夕阳西下，趁三分醉意走入藕花深处，惊不起鸥鹭，它们早已离去。眼看故交消散零落，暮云情深，朝花枯萎凋谢一地，青砖黑瓦白墙越来越斑驳。拂柳穿花，涉水而过的牧童踏乱溪流晚霞，檐下那杯淡茶清凉如草露秋霜。人散后，月如钩，伤心不忍问宿旧。这情怀，独坐东风，尽成消瘦，瘦尽灯花又一宵。何止一宵，倏尔百宵千宵万宵。

此刻，一窗肃然，风也萧萧，雨也萧萧；如今，岁月忽焉，山也迢迢，水也迢迢。我用砚池剩下的几点残墨陈墨捕风捉影绘风绘影，拼凑四时佳兴，毛边纸上影影绰绰的风容与瓜果野蔌，就此定格。

晚雨潇潇，临书惆怅，提笔就老，吐丝结网，吐出半卷朗朗星光半卷昏昏灯火半卷草草杯盘。黄叶苍茫，又是一年孟冬。

很久没有回浒村了。

二〇二四年十一月十七日，合肥

少功先生的《山南水北》常读常新，这回重翻，书里说梓树淳厚，建房时工匠把一棵小梓树剁了，又在树根旁刀刑火刑。半年之后，树苑无怨无悔，从焦土里抽枝发叶，活了过来，很快撑起一片绿荫。先贤对梓树念念在怀，将木匠名为梓匠，将故乡名为桑梓……古人还说书稿雕版印行为付梓。

梓树是故乡常见的风物，春天倒不显眼，秋日，树叶开始泛黄，渐渐变作橙色，最后幻化成晚霞，染得田间地头村口红彤彤缭绕祥云。梓树泛红时，稻谷黄了，自有乡人下田一镰刀一镰刀割倒，用斛桶脱粒，装入稻箩挑回来。选个晴好天气，将新稻谷摊晒在竹编的蒲篮里。稻谷铺满，黄澄澄像揭了盖的蒸笼。木耙翻谷，划出一圈圈富饶。麻雀成群俯冲下来，胆小的站在蒲篮沿上簌簌啄个不停，胆大些的径自扑到稻谷中，哆哆而食，等人走近，它才惊飞上天。今时回忆里，那些声音与风声、雨声、捣衣声、下雪声、虫鸣蛙叫声、呼儿唤女声、迎来送往声、儿童嬉闹声交织一起，不时在脑海里撩拨着人。

春茶初采时节，我又回了趟故乡。邻人窗台，瓷瓶、瓦罐、陶钵、旧盆养着今年的兰花，瓣叶晨露未晞。山民劈柴，斧刃起落间木屑纷飞，也有几分雪意。粗瓷大碗装满春韭之绿，炊烟一朵朵散作云纱。新笋破土无声，岁月更无声，当年吊竹逃窜的顽童，竟成檐下捉笔人。村路上，几个面生的顽童笑闹而过，一时觉得那顽童是我，我就是那顽童。一时又觉得世间哪有顽童，更无我，只有眼前的山乡四季。

记忆中的往昔真像一本厚厚的山水花鸟人物册页，水雾山岚天光草色最宜入墨，老牛走过柴门，春燕停落木窗，田园长得出瓜菜也长得出文字。偶尔执笔如扶犁，一垄垄翻开大地，犁尖扬起红泥青草的土腥味，也带出人世浮沉里浑厚的地气。恍惚间，外祖母摇蒲扇驱蚊的细响，混着竹林沙沙，化作字里行间的抑扬顿挫。秋收后屋檐下悬着的辣椒、玉米，比案头清供更暖人心肠。那方天地风物早已化进血脉了，遂仿先秦月令之体，取四时更替为经，以鸡鸣犬吠作纬，织就村落人家的岁时图谱。

《浒村月令》的文稿薄薄的，敝帚自珍，入眼居然不觉得轻飘，到底太多心绪。心绪明月本无价，文章星斗皆有情，还是敝帚自珍，自珍而已。此番校读，好不好是题外话，只是字字写实，处处都有来历，起承转合十几年草木光阴。虽然这文字终究如正月爆竹碎屑，红艳艳铺满石阶，转眼被春风卷去。

此刻，我又多了念想——念阡陌山居，已非畴昔，乍暖还寒时候，最难将息，可怜春色太急，当日少年，须发斑白空伫立。此刻，我又多了诗意：

禾苗弄影自婆娑，布谷催耕喜唱歌。

拣穗弓腰筛稗秕，挥镰俯首满青箩。

脱鞋打鼠窥梁隙，闲数鱼虾水织罗。

懒卧黄牛融日影，竹鞭漫点到溪波。

芳草青青翠柳斜，蛙鸣声声透窗纱。

老农挥汗锄田土，稚子追萤扑月华。

大碗朝天装块垒，炊烟蘸墨写桑麻。

少年贪睡耽农事，夜读传奇误种瓜。

人生茶酒菜饭，甜涩自知。有缘字里相逢的人，唯愿能嗅见煤油灯熏染的故纸芬芳，能触摸到浒村河水浸润的万物有灵。再过一个月，暑天就来了，浒村稻田上空又会飞起无数萤火，还会有我年少时的那只么？

二〇二五年四月五日，浒村